OPA?
WIESO MAGST DU WEISSE MAGIE NICHT?
seufz
HÖR AUF, IMMER WIEDER DIE SELBEN FRAGEN ZU STELLEN, RUBIO!
WEISSE MAGIE IST EXTREM GEFÄHRLICH!

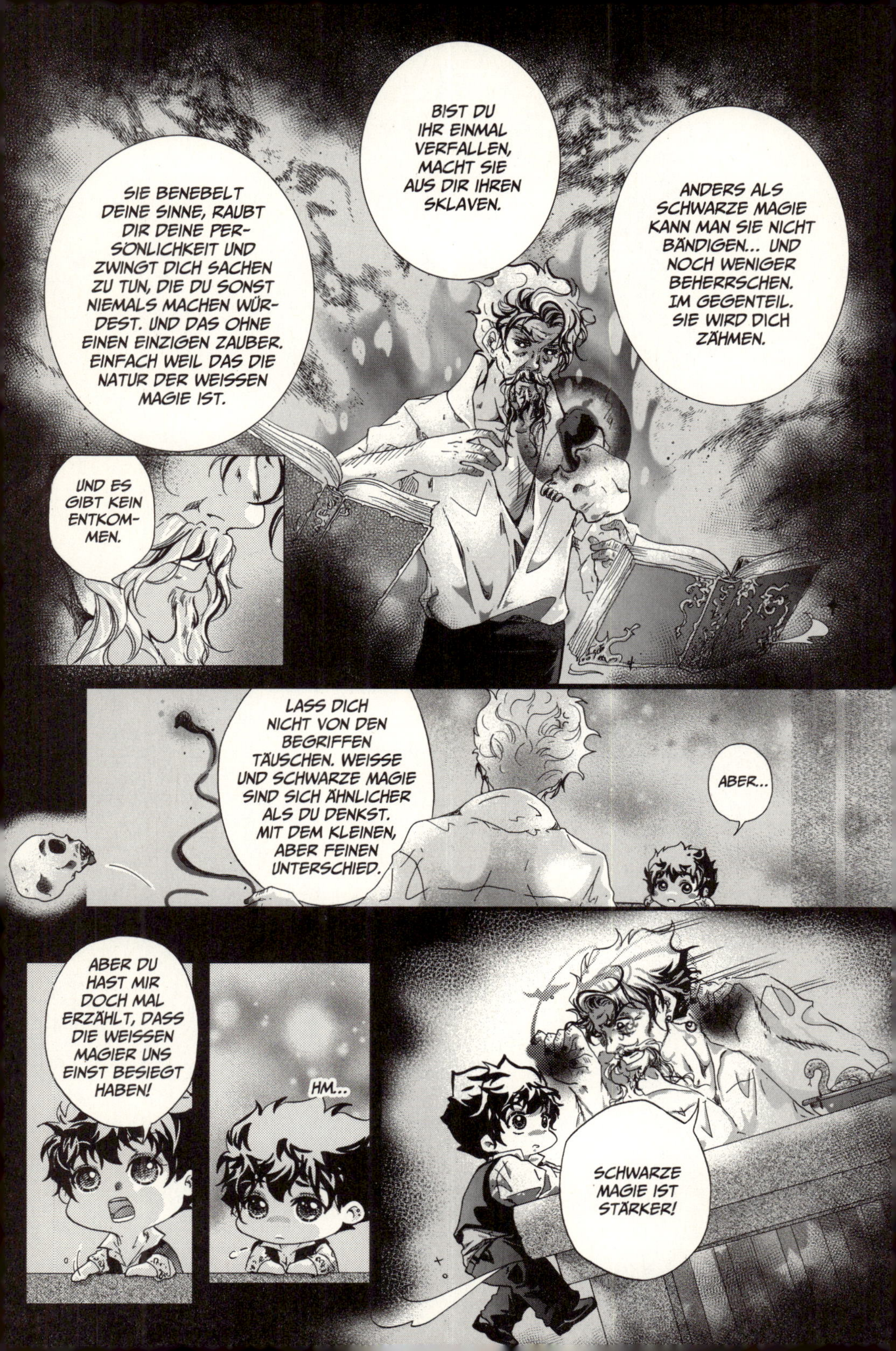
SIE BENEBELT DEINE SINNE, RAUBT DIR DEINE PER-SONLICHKEIT UND ZWINGT DICH SACHEN ZU TUN, DIE DU SONST NIEMALS MACHEN WÜR-DEST. UND DAS OHNE EINEN EINZIGEN ZAUBER. EINFACH WEIL DAS DIE NATUR DER WEISSEN MAGIE IST.
BIST DU IHR EINMAL VERFALLEN, MACHT SIE AUS DIR IHREN SKLAVEN.
ANDERS ALS SCHWARZE MAGIE KANN MAN SIE NICHT BÄNDIGEN... UND NOCH WENIGER BEHERRSCHEN. IM GEGENTEIL. SIE WIRD DICH ZÄHMEN.
UND ES GIBT KEIN ENTKOM-MEN.
LASS DICH NICHT VON DEN BEGRIFFEN TÄUSCHEN. WEISSE UND SCHWARZE MAGIE SIND SICH ÄHNLICHER ALS DU DENKST. MIT DEM KLEINEN, ABER FEINEN UNTERSCHIED.
ABER...
ABER DU HAST MIR DOCH MAL ERZÄHLT, DASS DIE WEISSEN MAGIER UNS EINST BESIEGT HABEN!
HM...
SCHWARZE MAGIE IST STÄRKER!

SIE WOLLTE DEN SCHEM VERNICHTEN UND DESWEGEN MUSSTEN WIR FLIEHEN. DER SCHEM HAT FÜR UNS ANSCHLIESSEND DIESE WELT ERSCHAFFEN. NUR IHM VERDANKEN WIR ES, EIN ZUHAUSE ZU HABEN... ALLES UM UNS HERUM WURDE MITHILFE VON SCHWARZER MAGIE ERSTELLT. DIE WEISSE MAGIE IST STRENG VERBOTEN.
WIR LEBTEN EINST ALLE FRIEDLICH ZUSAMMEN... BIS DIE WEISSE FRAKTION ZU DEM ENTSCHLUSS KAM, DASS SIE ALS EINZIGE DIE MAGIE AUF DER ERDE REPRÄSENTIEREN SOLLTE.
NICHT BESIEGT, SONDERN VERBANNT. SIE HABEN UNS AUS UNSERER GEMEINSAMEN WELT FORTGEJAGT.
EIN GRUND MEHR, SIE ZU HASSEN.
JEDER, DER AUCH NUR VERSUCHT, WEISSE MAGIE IN DIESER WELT ZU PRAKTIZIEREN...
... STIRBT.
GENUG MIT DEM GELABER! MACH DEINE HAUSAUFGABEN!!!
mäh

ZWaaaa
KTS
WAS SOLL DAS? HAST DU MIR NICHT ZUGE-HÖRT???
BAMM
SWUUUU
ABSOFORT WIRST DU NUR NOCH DER SCHWARZEN MAGIE DIENEN UND IHRE REGELN VERFOLGEN! HAST DU VERSTANDEN???
RUBIO VIN ASTAR! DU WIRST UNVERZÜGLICH JEGLICHE GEDAN-KEN AN DIE WEISSE MAGIE VERLIEREN! DU WIRST WEISSE MAGIE NIEMALS WIEDER BENUTZEN!
DWOMM
VERGISS DIE WEISSE MAGIE!
ZUCK
SCHAAA

DWAMMM
FLACKER
VER-FLUCHTER MIST!
ICH KANN NICHT...
GEGEN IHREN ZAUBER... KOMME ICH EINFACH NICHT AN...

RUBIO...
GLAUBE MIR...
EGAL, WIE ES AUSSIEHT... ICH WILL DICH NUR BESCHÜTZEN.
UM JEDEN PREIS.
WER...
... WENN NICHT ICH?

schweb
KRACH
KA-
RACK
KRÜ
KRÜ
KRACK
WAMM

ZWAMM!
WODOOOOOO
SO!
WIE NEU!
patt
patt
flatter
UND KEIN WORT MEHR ÜBER DEN VORFALL, WENN ICH BITTEN DARF!
WAS AUF DEM SCHULHOF PASSIERT, BLEIBT AUF DEM SCHULHOF. KLAR SOWEIT?
WIE KRASS IST DAS DENN, ATI?!
IST DAS ECHTE MAGIE?
flatter
Leute, die Vögel sind echt! Keine Illusionen!
Seit wann kannst DU denn zaubern?
WOAH!
flatter
NATÜRLICH IST DAS ECHTE MAGIE!
HALTET IHR MICH ETWA FÜR EINEN HOCHSTAPLER?

ICH HAB'S!
DU HAST MIT RUBIO GEBUMST UND HAST ALL SEINE KRÄFTE ABSORBIERT!
WAS?!
HEY, DANN WIR HABEN JA UNSEREN EIGENEN SUPER-HELDEN! WIE IM KINO!
Seine Eltern sind auch gestorben und so weiter!
Super-held? Eher ein Magical Boy...
Au ja!
!
DU BRAUCHST AUF JEDEN FALL EINEN GEEIGNETEN SUPER-HELDEN-ANZUG!
WAS MEINT IHR, LEUTE?
ROT MIT SCHWARZEN PUNKTEN IST DERZEIT TOTAL IN! ODER DOCH SCHWARZES LEDER?
MACH DICH AUF WAS GEFASST, BÖSEWICHT!
ICH WERDE DICH MIT MEINEM MUND BESTRAFEN!
miau! ~
Ich würde für ihn sofort 'ne Tanke überfallen!
SABBER!
Das werden geile Fotos!
DOFF
DA-
PA-
LASST DEN SCHEISS, IHR NOTGEILEN SCHWU-
...
SCHW-
SCH-
SCH-
?
KO-
KO-
KO-
KOLLEGEN!
JUNGS!!!
ER HAT'S GESAGT! ER HAT'S WIRKLICH GESAGT!!!
DASS ICH DAS NOCH ERLEBEN DARF!!!

GUT, IHR HABT ES SO GEWOLLT. ICH BIN IN RUBIO VERLIEBT.
ICH LIEBE EINEN MANN UND JA, ICH BIN STOLZ DARAUF.
IHR KÖNNT JETZT SO VIEL LACHEN WIE IHR WOLLT.
WIESO? DAS ALLES WISSEN WIR DOCH LÄNGST!
HÄ?
Woher???
ATI, WER HAT DENN DISKRIMINIERUNG JEGLICHER ART AN DIESER SCHULE VERBOTEN?
SEIT JAHREN HERRSCHT HIER UNTER DEINEM SCHUTZ ORDNUNG UND FRIEDEN. UND MITTLERWEILE LÄNGST NICHT NUR, WEIL MAN ANGST VOR DIR HAT!
Das wirklich wahre Problem hier ist: Punkte oder Leder?
Seit Rubio an unserer Schule erschienen ist, bist du ihm doch völlig verfallen!
?
Du bist einfach ein offenes Buch, Ati!
Lebt glücklich bis ans Ende eurer Tage, Ati!
NEIN!
NIEMAND HAT WAS DAGEGEN? DAS IST MIR SEHR SUSPEKT!
ÄH, WAS?
Hurra!
IST DOCH SONNENKLAR, DASS WIR BEI DIR AUCH KEINE AUS-NAHME MACHEN WERDEN! DU HAST DAS GLEICHE RECHT GLÜCKLICH ZU SEIN, WIE WIR ALLE! EGAL AUF WELCHE ART UND WEISE!
Klaro!
Ati for president!
STIMMT'S, LEUTE?
DANK DIR HABEN WIR ALLE GELERNT, MITEINANDER ZU LEBEN UND UNS GEGENSEITIG SO ZU AKZEP-TIEREN WIE WIR SIND!

Natürlich, Ati! Natürlich!
Ich weine doch gar nicht! Mir ist was ins Auge gefallen!!!
...
Aww, du musst deswegen nicht weinen, Ati!!
Wie süß!!!
Schnüff
...
Ati ist der Beste!
Hoch lebe Ati!
UND DAMIT IHR SEHT, DASS MIR DIE SACHE VON NEULICH WIRKLICH LEID TUT...
SWUAAAA
... BEKOMMT IHR VON MIR ALS ENTSCHULDIGUNG EINEN ENDLOS--SCHOKOLADEN-BRUNNEN!
POPP!
ATI, ABER...
!!
FEINSTE SCHWEIZER SCHOKOLADE! VOLLER GESCHMACK UND EXKLUSIV FÜR EUCH MIT 0% FETT UND ZUCKER!
Plätscher
ATI!
ALSO ECHT! WENN DU JEMALS WIEDER ENERGIE VON UNS BRAUCHST, SAG NUR BESCHEID!
JAMM!
AAH, ES IST SO LECKEEER!
SCHLABBER
LECK
lächel
JAMM!
JAMM!
kalorienfreier Himmel ~
QUIEEEEETSCH!
UND ÜBRIGENS, FÜR EIN ROSA EINHORN, DAS ZUCKERWATTE PUPST, GEBEN WIR DIR UNSER LETZTES HEMD!
So als Ansporn!

NJAMM
SO LECKER!
UND DAS SOLL KEINE KALORIEN HABEN?
SCHLECK
DER TYP IST ABARTIG SCHLAU!
DIESER ORT WAR RANDVOLL MIT NEGATIVER ENERGIE GEFÜLLT.
NUR AUS DIESEM GRUND WAR ES MÖGLICH, AUF DIESER STELLE DAS TOR ZUR DÄMONENWELT ZU ÖFFNEN.
JETZT HAT ER ES NICHT NUR KOMPLETT VER-SIEGELT, SONDERN AUCH NOCH FÜR EXTREM STARKE GLÜCKSGEFÜHLE BEI DEN MENSCHEN GESORGT!
SOMIT HAT ER DIE NEGATIVE ENERGIE IN DIESER GE-GEND VÖLLIG IM GRIFF!
JA, DER KERL IST ECHT TOLL!
SO MEINTE ICH DAS NICHT!!!
WIESO WAREN DIE MENSCHEN AN DIESEM ORT ÜBERHAUPT SO SCHLECHT GESTIMMT? ES IST DOCH EINE SCHULE!
Hier können sie was lernen!
DES-WEGEN JA.
ABER... HIER HABEN SIE DOCH MATHE!!!
WOHL EINER DER HAUPTGRÜNDE, UM SICH FREIWILLIG DEM TEUFEL ZUZUWENDEN.
VERSTEHE ICH NICHT!
Mathe ist toll!
WAS SOLL DAS DENN???
WER HAT HIER EINEN BRUNNEN GEBAUT?
WANN?
Ohne meine Erlaubnis???
Ah! Hilfe! Der Hausmeister!
Ja, bohrt nur weiter in meinen Wunden nach!!!
Ab in eure Klassen!!!
Der lebt noch? Der war im zweiten Teil doch gar nicht dabei!
SCHOKO-LADE WIRKT ZUM GLÜCK NICHT BEI JEDEM...
H-HEY!
Du im siebten Fenster von rechts!
VÖLLIG FALSCH! X IST NICHT GLEICH 278, SONDERN 361!
Wo hast du Rechnen gelernt?!

OHO!
DU WILLST RUBIO ZU EINEM DATE EIN-LADEN?
J-JA.
WAS... MEINST DU DA-ZU?
blätter
WAS HABEN WIR DENN HIER FÜR STICHPUNKTE? OH, GLEICH 100 STÜCK!
IM ANZUG ERSCHEINEN... ROSENBOUQUET ÜBER-REICHEN... KUSS AUF DIE WANGE... HÄNDCHENHAL-TEND DURCH DIE STADT LAUFEN... BLA... KINO UND POPCORN... KLASSIK... VERGNÜGUNGSPARK... GUTES RESTAURANT... SPAZIEREN BEIM MONDLICHT..?
USW...
Du bist so sweet! Du hast dir echt viel Mühe damit gegeben, gell?
AXEL!
KANNST DU NOCH LAUTER BRÜLLEN?
ICH WOLLTE NUR WIS-SEN, WAS DU DAVON HÄLTST!
IST ES KLASSISCH GENUG? IST DER RICHTIGE FILM DABEI? UND ABEND BEI KERZENLICHT? ZU VIEL? ZU WE-NIG? UND SPA-ZIERGANG? DAVOR ODER DANACH?
WOW, WOW!
LEG 'NEN GANG ZURÜCK, JA? ICH VER-STEHE JA, DASS ES WICHTIG FÜR DICH IST!
EIN ERFOLG-REICHES DATE MIT DER PERSON, DIE DU LIEBST, IST EIN WICHTIGER SCHRITT IN EINER BE-ZIEHUNG.
ABER...
... SEI EHRLICH, ATI.
DERJENIGE, DER ALL DIESE SACHEN... ALSO EIN RICHTIGES DATE... ERLE-BEN WILL, BIST DU. DU ALLEIN.
DU WILLST ES FÜR DICH MACHEN... NICHT FÜR RUBIO.
Also... zumindest nicht zwingend für ihn...

RUBIO WEISS NICHT, WAS ER WILL ODER MAG!
NAJA... ICH KENNE RUBIO NICHT SO GUT WIE DU... UND ER GEHT UNS ALLEN SOWIESO NUR NOCH AUS DEM WEG, ABER...
W- WAS?
WOHER WILLST DU DAS WISSEN?
Gib's her! Ich hätte es dir nie zeigen sollen!
ER WEISS NICHT, WAS SPASS IST, ODER WIE SCHÖN DAS LEBEN SEIN KANN!
ER HAT SEIN GANZES LEBEN LANG NUR DAS GEMACHT, WAS ANDERE VON IHM VERLANGT UND ERWARTET HABEN!
Ja, da hast du wohl recht...
... ICH HATTE NIE DAS GEFÜHL, ER WÄRE JEMAND, DER GERN HÄNDCHEN HÄLT... IM MONDLICHT SPAZIEREN GEHEN WILL... ODER ES SCHAFFEN WÜRDE, EINEN KINOBESUCH ZU ABSOLVIEREN, OHNE DORT EINZUPENNEN...
Hm?
... ER WIRD ES WIEDER TUN...
UND...
ER WIRD SICH IN TODESGEFAHR BEGEBEN... UND ICH KANN NICHTS TUN, UM IHN DAVON ABZUBRINGEN...
ER IST DAZU VERDAMMT, SEINER BESTIMMUNG ZU FOLGEN, EGAL FÜR WELCHE SEITE ER SICH ENTSCHEIDET...

ICH...
... HABE SCHON... ALLES VERSUCHT...
ICH HABE SOGAR EINEN VÖLLIGEN IDIOTEN AUS MIR GEMACHT...
... IN DER HOFFNUNG, DASS ICH MIT WITZ UND UNGEZWUNGENHEIT ZU IHM DURCHDRINGE... WENN ER DOCH GEGEN GEFÜHLE SO RESISTENT IST...
ER IST NICHT IN DER LAGE, SELBST ÜBER SEIN LEBEN ZU BESTIMMEN... WEIL SEIN HERZ EINFACH VIEL ZU REIN IST... UND ICH WOLLTE IHM ZEIGEN, DASS DAS GEHT...
ER SOLL NICHT ZU ETWAS WERDEN, WAS ER NICHT SEIN WILL...
DAS, WAS LETZTENS GESCHAH, WAR ALLES FÜR IHN...
FÜR EINEN KURZEN AUGENBLICK HAB ICH GEDACHT, ICH HÄTTE ES GESCHAFFT...
ICH DACHTE, DASS ICH IHN WIRKLICH VOR SICH SELBST... UND VOR SEINEM SCHICKSAL GERETTET HABE...
ABER ES WAR ALLES UMSONST...
ER WIRD GEHEN... WEIL ER EINFACH GEHEN MUSS...
ER WIRD ALLES HINTER SICH LASSEN... UND SICH WAHRSCHEINLICH NICHT EINMAL UMDREHEN...
ATI, WAS...
WAS BEDEUTET DAS? WOVON REDEST DU?
NUR WEIL RUBIO FORT GEHEN MUSS, HEISST ES DOCH NICHT ZWINGEND, DASS ER NIE WIEDER ZURÜCKKOMMT. IHR WERDET EUCH SICHER BALD WIEDERSEHEN!

ER...
... WIRD NICHT MEHR ZURÜCK-KEHREN.
WENN ICH NICHTS TUE, WIRD ER VERSCHWIN-DEN. GANZ UND GAR...
WIE?
Wieso denkst du das?
AXEL...
... HILF MIR.
Hm...
ICH WILL RUBIO...
.. WENIGSTENS EINE SCHÖNE ERINNERUNG SCHENKEN KÖNNEN, BEVOR ER GEHT...
Krah!

lins
TOCK
TOCK
TOCK
LASS UNS REIN, RAMSES!
?
JUNGS! ES GEHT NICHT! IHR WISST, DASS ICH DAS NICHT DARF!
HALT DIE KLAPPE UND MACH DAS FENSTER AUF, VERDAMMT!
RACK
RACK
flap
flap
UNFASSBAR, DASS DU DIR BEFEHLE VON EINEM MENSCHEN ERTEILEN LÄSST!
seufz
ICH WERD DAFÜR MÄCHTIG ÄRGER BEKOMMEN!
Ihr kommt hier nicht rein! Verzieht euch!
Hää?
POFF
UND?
WIE SCHAUT'S AUS?
HM...

WOMMM
FLÜSTER
FLÜSTER
ER VERSUCHT ES IMMER WIEDER.
ZU SEINEN RICHTIGEN ERINNERUNGEN DURCHZU-DRINGEN.
FLÜSTER
OPA NOSTRIUS HAT RUBIO IRGENDWIE AUF-GETISCHT, DASS UNSERE UR-OMA IHN MIT AUFGE-ZOGEN HATTE. DAS KANN ABER NICHT SEIN.
DA OPA WOHL NICHT TOT IST, SONDERN WIRKLICH IN DER DÄMONEN-WELT STECKT, IST AUCH SEIN ZAU-BER NICHT VER-SCHWUNDEN... UND RUBIO KANN IHN NICHT BRECHEN.
MIST!

NEIN.
ES... GEHT NICHT.

Aber irgend-etwas musst du doch herausge-funden haben, oder?
Nichts, was von Bedeutung wäre... Nichts, was für mich Sinn ergibt!
Opa hat wohl wirklich gute Arbeit geleistet...
Wenn ich nur wüsste, wonach ich suchen soll!
Verflucht noch mal, ich kann es nicht!
Ich erinnere mich ei-gentlich an alles von früher...
Wie ich aufgewachsen bin... Magie bis zum Umfallen praktiziert habe...
An Gremor, den ich getötet habe...
Auch an den Dämon, der mich an meinem fünfzehnten Geburtstag hätte holen sollen!
Aber... ich sehe überall Oma...
Ur-Oma natürlich
Sie hat mir die Magie beigebracht. Magie, die funktionierte. Weil sie mir vertraute und ich wiederum ihr.
Ihr sagt, sie sei noch vor meiner Geburt gestorben... Wie kann es dann sein, dass sie meine ganze Kindheit über da war?
Oma war die Einzige, die immer an mich geglaubt hat. Die Einzige, bei der ich mich nicht komplett wertlos gefühlt habe.

UND ICH SEHE IMMER WIEDER SIE, WIE SIE SICH DEM DÄMON AN-STATT MIR ANBIETET...
... UND MIT IHM IN DER DUNKELHEIT VERSCHWIND-ET...
ES IST IMMER WIEDER SIE. NICHT OPA NOSTRIUS!
ICH WEISS NICHT, WAS ICH SAGEN SOLL... WIR WAREN DOCH DAMALS BEI DER ZEREMONIE DABEI...
Es war ja dein Geburtstag...
WIR HABEN DEFINITIV GE-SEHEN, DASS OPA NOSTRIUS MIT DEM DÄ-MON IN DIE FIN-STERNIS GING. FREIWILLIG...
UR-OMA IST SCHON LANGE TOT. DAS IST FAKT. DU HAST NIE VON IHR GE-SPROCHEN... HAST SIE NIE ERWÄHNT...
ZIPP
Was hat Opa sich da nur ausgedacht?
!!
AH! Rufus! Bist du lebensmüde? Der Kerl macht Hackfleisch aus dir!
RAUCHEN?! HIER?!!
Du hast recht.Ich lass es lieber...
PATSCH
VIELLEICHT HÄTTEN WIR DICH UND OPA DOCH ÖFTERS BESUCHEN SOLLEN...
ICH HAB JEDENFALLS NIE GEMERKT, DASS ET-WAS NICHT IN ORDNUNG BEI EUCH WAR...
Ich grüße euch!
KHIHIIII!!!
ABER...
OPA SCHIEN SICH NIE WIRK-LICH FÜR MICH ZU INTERESSIEREN... ICH WAR FÜR IHN IMMER NUR EINE UNTALENTIERTE PLAGE.
ER WAR DIE MEISTE ZEIT NUR SAUER AUF MICH, WEIL MEINE SCHWAR-ZE MAGIE SO SCHLECHT WAR...

schnarch
Das hatten wir alle.
?
IMMER WENN ER MIT MIR UNZUFRIEDEN WAR, HAT ER MICH IN EINEN SESSEL VERWANDELT.
DANN SETZTE ER SICH AUF MICH DRAUF UND SCHLIEF EIN.
Die Kreuzschmerzen bin ich nie wieder losgeworden!
KNACK!
Aua!
...
ER HAT MICH NIE VERSTANDEN UND IN SEINER ANWESENHEIT GELANG MIR KAUM EIN ZAUBER. AUS SEINEM MUND KAM FAST IMMER NUR KRITIK UND AM ENDE HAT ER MICH NUR NOCH GEMIEDEN... UND ICH IHN...
MICH HAT ER FÜR JEDEN VERPATZEN ZAUBER GEZWUNGEN, IRGENDEIN WESEN AUFZUFRESSEN!
BEI LEBENDIGEM LEIBE! DAS WAR SO GRAUSAM! ICH HAB IMMER NOCH ALPTRÄUME!!
schnüüff
Armer Kerl!
MICH HAT ER ÖFTERS MAL IN EIN EI VERWANDELT. UND ICH MUSSTE TAGE DARAUF WARTEN, BIS ICH ERNEUT GESCHLÜPFT BIN...
Pff, du Lusche!
DAS EINZIGE, WAS ICH MIT SICHERHEIT WEISS IST, DASS ICH IMMER GROSSE ANGST VOR IHM HATTE...
JA, SIR! ZU BEFEHL, SIR!
IHR SEID ALLE UNBEGABTE SCHMAROTZER!
ER...
... SCHEINT ZIEMLICH GRAUSAM GEWESEN ZU SEIN...
DAS AUF JEDEN FALL...
UNSER... GRÖSSTES VORBILD!!!
JEDER VON UNS WOLLTE SO SEIN WIE ER...
ER WAR... EINFACH GROSSARTIG...

ICH VERSTEHE NICHT, WAS GENAU ER MIR ANGETAN HAT... UND WIESO ER SICH FÜR MICH GEOPFERT HABEN SOLL!
UND WARUM HINTERLIESS ER MIR DIESEN SCHUTZZAUBER?... WAS GENAU SOLLTE ER SCHÜTZEN?... DIE EULE WAR SOWAS VON SINNLOS! KONNTE SICH NICHT MAL SELBST 'NE MAUS FANGEN...
flap
SINNLOS?
SAG DAS NOCHMAL!
flap
flap
flap
flap
flap
NAH! TOLLE VERSAMMLUNG HIER!
HABT IHR SONST NIX ZU TUN, AUSSER ÜBER MICH ZU LÄSTERN? FAULES PACK!
ICH WÜRDE MICH IM GRAB HERUM DREHEN, NUR LEIDER BIN ICH GAR NICHT TOT!
??
OPA?
ABER WIE? ICH DACHTE, DU BIST... VERSCHWUNDEN?
TSE! ICH BIN UNVERWÜSTBAR!
DAS...
... IST AUCH NUR EIN ZAUBER.
WOBBLE
ATI HAT IHN FÜR MICH GEMACHT... DAMIT ICH NICHT KOMPLETT DURCHDREHE...
Hnng! Kann der Kerl wirklich alles?!
Er sieht aber irgendwie anders aus... Oder?
JA, DER MENSCH MEINTE, SO WÜRDE ICH BESSER AUSSEHEN... GESCHMÄCKER SIND JA BEKANNTLICH VERSCHIEDEN...
glitzer

Für dich: "Großmeister der Schwarzen Magie in edler und anmutiger Vogelgestalt!"
TOCK TOCK TOCK
Yeay! Es ist ein Poké-Opa geschlüpft!
TA-DAA!
ABER DER KERL HAT DEFINITIV KEINEN! HAT IRGENDWAS ÜBER MAGISCHE TIERE IN ELEKTROBÄLLEN GELABERT! NEIN, DANKE!
har har
GNN!
Das gibt's doch nicht!!!
Komm her, du Huhn!
kicher
Dieser Mensch muss dich echt sehr mögen!
BOAH, ICH KANN ES NICHT MEHR HÖREN!
schnüff
Mann! Ich will doch nur, dass er sich den Zauber anschaut!
Er muss ihn nicht sofort ausführen!
Nein! Tu das Buch weg, Rufus!!!
AAH!
DARUM GEHT ES NICHT! SEIT RUBIO SICH FÜR DIE WEISSE MAGIE ENTSCHIEDEN HAT...
ER IST ZIEMLICH SCHWIERIG, ABER WENN MAN IHN MEISTERT, KÖNNTE MAN DURCH EIN HINTERTÜRCHEN IN UNSERE WELT REIN KOMMEN.
HEY, ABER WIESO ICH EIGENTLICH DA BIN...
ICH HAB DIESEN EINEN ZAUBERSPRUCH GEFUNDEN.
POPP

... KANN ER NICHT MEHR ZAUBERFORMELN DER SCHWARZEN MAGIE LESEN!
SIE LÖSEN SICH AUF, SOBALD ER SIE GELESEN... ODER AUCH NUR ANGESCHAUT HAT!
WAS?
Wa-? Alle Seiten sind... blank?
Wie machst du das, Rubio?
Tatsächlich! Alles weg!
RUBIO!
IST DIR KLAR, DASS DU DAS ERBE UNSERER WELT ZERSTÖRST?
KLACK
ER MACHT ES NICHT ABSICHTLICH!
hukk!
maunz?
raschel
DAS IST DIE MACHT DES SCHEMS. DAS AUGE HAT EUCH BEREITS GESAGT, DASS ES NICHT IN EURE WELT ZURÜCK WILL.
ANSCHEINEND... WILL ES ÜBERHAUPT NICHTS MEHR MIT SCHWARZER MAGIE ZU TUN HABEN. ALSO VERNICHTET ES SIE... WO IMMER ES SIE SIEHT...
WOHER WILLST DU DAS DENN WISSEN?
GRR!
DAS MACHT DOCH KEINEN SINN! DAS AUGE DES SALOMO IST DIE QUELLE DER SCHWARZEN MAGIE!
WIESO ZUM AZAEL WÜRDE ES DIE SCHWARZE MAGIE ABLEHNEN???
ER HAT DOCH DAS AUGE IN SICH GETRAGEN.
WER WEISS, WAS ES IHM ALLES VERRATEN HAT!

BRING IHN DAZU, DIR ZUZUHÖREN! ZWING IHN, WENN ES SEIN MUSS! DENN ES MUSS SEIN!
IHR MÜSST BEIDE ZURÜCK KEHREN! IHR GEHÖRT DOCH IN UNSERE WELT!!!
WIR SIND DOCH SEIN VOLK!
flap
flap
flap
RUBIO! REDE MIT IHM!
IRGEND-ETWAS MUSS DER SCHEM DOCH FÜR UNS TUN!
GRAB
ZWOOOO
!!
WOMMM
RUBIO! D-DU HAST IHN GEHEILT!
ICH... HAB MEINE HÄNDE WIEDER!

DU HAST MICH WIRKLICH GEHEILT!
RUBIO!!!
DER SCHEM HÖRT DIR ZU!
DU KONNTEST UNSERE GANZE WELT HEILEN!
DU BIST ABER IN UNSERER WELT.
ANDERS ALS BEI EUCH IST WEISSE MAGIE HIER WILLKOMMEN.
MISCH DICH NICHT DAUERND EIN!
ABER ES STIMMT, WAS ER SAGT.
WAS IST, WENN ICH NACH HAUSE KOMME UND ALLES ZERSTÖRE, WAS ICH ANFASSE? ODER JEDEN TÖTE, DEN ICH BERÜHRE?
DU...
HEISST DAS, DU KONNTEST JETZT OHNE WENN UND ABER ZURÜCK KOMMEN... WILLST ES ABER NICHT?
SO IST ES NICHT...
ICH...
... MUSS VERSTEHEN, WIE ICH... FUNKTIONIEREN SOLL... ICH MUSS WISSEN, WAS MIT MIR LOS IST, BEVOR ICH ETWAS TUE, WAS ICH LETZTENDLICH BEREUEN WÜRDE...
DER SCHEM WILL NICHT ZURÜCK. ICH HAB ANGST, DASS ER MICH BESTRAFT, WENN ICH ETWAS GEGEN SEINEN WILLEN TUE. ICH DARF DAHER NICHT UNÜBERLEGT HANDELN.
ICH WEISS, WAS AUF DEM SPIEL STEHT, ABER ICH BRAUCHE NOCH SO VIELE ANTWORTEN... UND ICH HAB KEINE AHNUNG, WOHER ICH SIE BEKOMMEN SOLL, WO OPA DOCH... IN DER DÄMONENWELT GEFANGEN IST...

NUR SEINETWEGEN WILLST DU DA BLEIBEN!
DU HAST ANGST UM IHN UND WILLST NICHTS RISKIEREN!
...
WIR WISSEN DOCH ALLE, WAS HIER LOS IST! FÜR WIE BLÖD HÄLTST DU UNS?
...
DAS IST ALLES NUR SEINETWEGEN!
DAS...
... SIND NUR FAULE AUSREDEN!
MACHT ES DICH ZUFRIEDEN? ZU WISSEN, DASS DU EINEN EINZIGEN MENSCHEN GERETTET...
... DAFÜR ABER MILLIONEN VON DEINESGLEICHEN VERDAMMT HAST?
H-hey, Rufus!
DU HÄTTEST NICHT ALL DEINE KRÄFTE FÜR DIESEN EINEN OPUSZAUBER VERSCHWENDET!
ABER WENN ER NICHT WÄRE, HÄTTEST DU DICH NIEMALS FÜR DIE WEISSE MAGIE ENTSCHIEDEN!!
RUFUS...
DENKT IHR WIRKLICH, IHR KÖNNT JEMALS GLÜCKLICH MITEINANDER WERDEN? IN DIESER WELT, IN DER DIE MAGIE LÄNGST VERGESSEN IST?
ACH, WAS REDE ICH DA? DU BIST LÄNGST EINER VON DENEN! BLIND UND EGOISTISCH!
WAS HAT DIE LIEBE DENN DIESER WELT GEBRACHT? HAST DU DIR ANGESCHAUT, WAS FÜR ZUSTÄNDE HIER HERRSCHEN? VIEL SCHLIMMER ALS ES BEI UNS JEMALS WAR! WILLST DU SO EINER WERDEN?

ICH SAGE NICHT, DASS HIER AUCH NUR EINER WILL, DASS DU DEN PLATZ MIT IHM TAUSCHST... ABER DU WIRFST ALL SEINE LEHRE... NEIN... SEIN GESAMTES VERMÄCHTNIS WEG!... UND WOFÜR?
SO DANKST DU OPA NOSTRIUS DAFÜR, DASS ER FÜR DICH IN DIE DÄMONENWELT GING? ER TAT ES, UM ES DIR ZU ERSPAREN! DAMIT AUS DIR ETWAS WIRD!
DU BIST SO BLIND GEWORDEN! SO DUMM!
Halt die Fresse, Ramses!
Da muss ich dir aber widersprechen, Rufus!
FÜR DAS UNBESTÄNDIGSTE UND FLÜCHTIGSTE GEFÜHL ÜBERHAUPT! EIN GEFÜHL, DAS NICHTS ANDERES ALS VERACHTUNG VERDIENT!
OPA WÜRDE SICH FÜR DICH SCHÄMEN! ICH TUE ES JETZT SCHON!
SO, DAS -
- REICHT.
BA-DAMM

ICH VERSTEHE, DASS IHR ALLE ENTTÄUSCHT VON MIR SEID. UND ICH WEISS, DASS ICH OPAS ERWARTUNGEN NIEMALS GERECHT WERDEN KANN.
ABER ICH HABE NICHT GESAGT, DASS ICH AUFGEBE. ICH WERDE EINE LÖSUNG FINDEN.
ICH KANN ES NICHT MEHR ALS SCHWARZER MAGIER TUN, DAHER WERDE ICH EINEN ANDEREN WEG FINDEN MÜSSEN.
glow
OMA... OPA SAGTE IMMER WIEDER, DASS MAN SEINE GEFÜHLE IN DIE MAGIE LEGEN MUSS, DAMIT SIE GELINGT.
ABER MEINE LIEBE GILT NICHT DER MAGIE.
...

DER SCHEM WILL, DASS WIR ZUSAMMEN AR-BEITEN. DESHALB WERDE ICH KEINE ENTSCHEIDUNG MEHR OHNE ATI MACHEN. OB DU DAMIT KLAR KOMMST ODER NICHT, IST DIR ÜBERLASSEN. SO UND NICHT ANDERS WIRD ES SEIN.
GRR
ICH WÜRDE DIR GERN SAGEN, DASS ES MIR LEID TUT.
ABER DAS TUT ES NICHT.
UND DARAN KANN ICH NICHTS ÄNDERN.
ICH VERTRAUE IHM GANZ UND GAR. DU MUSST ES NICHT. ES REICHT, WENN DU MIR VERTRAUST. SO WIE DER SCHEM ES AUCH TUT.
UND JA. ICH DENKE DABEI AUCH AN MEINEN... MENSCHEN. ICH STEHE NICHT MEHR ALLEIN DA. WIR SIND ZU ZWEIT.
ABER WEISST DU WAS?
DAS IST EIN GROSSER FEHLER, RUBIO! EINEM MENSCHEN KANN MAN NICHT TRAUEN!
RUFUS!!!
NEIN UND NEIN UND NOCHMALS NEIN!
ICH WERDE DABEI SEIN, WENN DICH DIESER KERL, FÜR DEN DU DAS ALLES TUST, ENT-TÄUSCHT...
... UND DU DEINE ENTSCHEIDUNG BEREUST!
HMPF!

KICK
JETZT HAB ICH ABER WIRKLICH DIE NASE VOLL VON DIR!
Such deine Enttäuschung woanders!
flap
Und ihr? Soweit ich weiß, hab ich euch den Zugang zu meiner Wohnung ausdrücklich verboten!
Raus mit euch!
flap
POFF!
GLAUBT IHR ETWA, ICH LASSE MICH SO LEICHT BESTE-CHEN???
FAN
RUBIO + ATI = ❤
Miaaau!
...
flap
flap
MAMPF
MAMPF
MAMPF
jamm
Der Kerl schreit zwar viel, aber er hat einen weichen Kern!
MAMPF
Uhm!
Hat sogar vegetarisches Essen extra für mich gemacht!
MAMPF
...
njamm
Bist du sicher, dass du nichts essen willst?
NICK
RUBIO... BITTE...
SEIT DU DAS MIT DEINEM UR-GROSSVATER HERAUSGE-FUNDEN HAST, HAST DU KAUM WAS GEGESSEN.
Das sind schon Tage...
DU SITZT NUR TRAURIG HERUM... DU MUSST DOCH WAS ESSEN.

MEIN KOPF SUMMT DIE GANZE ZEIT UND MIR WIRD IMMER WIEDER SO KOMISCH... SCHWINDLIG... WAS AUCH IMMER...
FRÜHER HAB ICH MICH SELBST NIE WAHRGENOMMEN... UND JETZT MERKE ICH, WAS EIN EINZIGER ATEMZUG ALLES IN MIR VERURSACHT... ICH SPÜRE WIE ALLES IN MIR ARBEITET UND FÜHLE SOGAR JEDEN PULSSCHLAG... WAS KOMISCH IST...
Ich hab keinen Hunger.
Ich hab auch selbst gekocht! Nix mit Essens-zauber oder so!
Sei nicht so stur! Muss ich es dir spritzen???
WIE? TUT DIR ETWAS WEH?
NEIN... NICHT WIRKLICH.
ICH WEISS NICHT... ICH HAB SO WAS NOCH NIE GESPÜRT...
ICH...
FÜHLE MICH EIN-FACH NICHT WOHL... DAS IST ALLES...
.. DA MEIN HERZ SICH DOCH DERZEIT...
... IN DEINEM KÖRPER BEFINDET.
NAJA... ODER EBEN -
DANN IST DAS ALLES HALB SO SCHLIMM.
ES SOLL WOHL NUR BEDEUTEN, DASS DU JETZT EBEN DIE WEISSE MAGIE IN DIR WAHRNEHMEN KANNST. DU SPÜRST VERSTÄRKT, WIE DEIN KÖRPER FUNKTIONIERT.
DAS IST SICHER DIE EINZIGE LOGISCHE ERKLÄRUNG!
HAST DU DIESE BESCHWERDEN REIN ZUFÄLLIG SEIT DU DICH FÜR DIE WEISSE MAGIE ENT-SCHIEDEN HAST?
flap
flap
PLUMPS
HM?
Uhh!
JA... DAS KANN SCHON SEIN...

DU BIST SICHER NUR MÜDE. ERSCHÖPFT. UND HUNG-RIG...
...
DAS KLINGT DOCH GAR NICHT ÜBEL. MACHT SINN.
?
ZUCK
STARR
ICH WETTE, DIR GEHT ES GLEICH VIEL BESSER!
HOPP
HM...
NACHDEM DU WAS GEGESSEN HAST!
Oi! Faulpelz! Die paar Meter in die Küche kannst du auch selbst laufen!
Dich trage ich doch auch! Ich bin kein Huhn-Taxi! Schreib dir das hinter die... Federn!
FESTDRÜCK

slupp
MAMPF
MAMPF
DU NIMMST DIR RUFUS' WORTE VON VORHIN HOFFENTLICH NICHT ALLZU SEHR ZUM HERZEN!
DU WEISST DOCH, WIE ER SEIN KANN..
H- HEY!
...
kau
kau
HMM...

DU SOLLST NUR DAS TUN, WAS DU SELBST FÜR RICHTIG HÄLTST. UND WIR MÜSSEN... WIR WERDEN DIR EBEN VERTRAUEN! UND BASTA!
...
SCHLÜRF
Genau! Es tut mir so leid, dass wir dich mit Gewalt dazu zwingen wollten, heimzukehren!
Unsere Welt zu retten ist zwar ultrawichtig, aber... nicht auf eine Weise, die auch nur einen von uns unglücklich machen würde!
kau
kau
U-UND WAS DAS ANDERE BETRIFFT...
WENN ICH MICH ENTSCHEIDEN MÜSSTE, OB ICH DIE WELT ODER MEINE KINDER RETTEN SOLL, WÜRDE ICH MICH JEDES MAL FÜR DIE KIDS ENT-SCHEIDEN! NIEMAND HAT DAS RECHT, DIR VORWÜRFE ZU MACHEN!
UHUU!
Ramses! Deine Kinder! Es tut mir so leid!!!
BOFF
SEID ENDLICH STILL! ALLE BEIDE!
Ich wollte nur helfen!
N-NOCH IST NICHTS VERLOREN, RUBIO!
DAS LETZTE MAL, ALS ICH NACHGE-SCHAUT HABE, WAREN ALLE IN SICHERHEIT GEWESEN!
schnüff
PATT
WUUUU~
UND NICHT NUR DAS...
DIE GESAMT-SITUATION WIRD ZWAR NICHT BESSER, ABER ZUMINDEST SIND DIE LEUTE NICHT DAUERHAFT UNMITTELBAREN TODESGEFAHREN AUSGESETZT.
Unser Volk wird also nicht gezielt angegriffen, um aus-gelöscht zu werden.
DER SCHEM GIBT UNS SOMIT VIELLEICHT EINE CHANCE, UM DIE GANZE NATION ZU RETTEN.
DIE FRAGE WÄRE: "WIE?"
POFF

ERDE
UNSERE WELT WURDE FÜR UNS VON DEM SCHEM - DER QUELLE DER SCHWARZEN MAGIE - ERSCHAFFEN, NACHDEM UNS DIE WEISSEN MAGIER VOR JAHRTAUSENDEN VON DER ERDE VERBANNT HABEN.
DER SCHEM HAT DIE NEUE WELT ANHAND DER ERINNERUNGEN DER LEUTE FORMIERT, DAMIT SIE SICH IN IHREM NEUEN ZUHAUSE LEICHTER ADAPTIEREN KONNTEN. SIE IST ALSO SOZUSAGEN EIN KLEINER SPIEGEL DER ERDE... NUR MIT MEHR MAGIE...
Unsere Welt
Hier kommt meine Meinung! Gut zuhören!
DIE WELTEN DER WEISSEN UND SCHWARZEN MAGIE SIND ZWEI VERSCHIEDENE GEBIETE, DIE ABER AUF EIN UND DERSELBEN BASIS FUNGIEREN.
Dazwischen gibt es etliche Dimensionen, das ist aber derzeit unwichtig...
AAAH... ICH VERSTEHE... HOFFE ICH...
Die Geschichte des Schems, sowie der Kriege zwischen Weiß und Schwarz ist zu finden im Kleinen Lexikon der Schwarzen Magie der Vin-Astars.
DER HATTE JA URSPRÜNGLICH DIE FUNKTION EINES DER AUGEN DES KÖNIGS SALOMO ERFÜLLT. UND DIESER WIEDERUM LEBTE SEINERZEIT AUF DER ERDE!
DIE ÄRA DER SCHWARZEN MAGIE BEGANN MIT DER ERSCHAFFUNG DES SCHEMS!
Durch den Dämon...
Ja! Wir wurden alle nur rausgejagt!
WIE?
IHR STAMMT ALLE VON DER ERDE AB?
FÜR "SEINEN MENSCHEN" HAT ER SEINE MACHT MIT IHM GETEILT, IHN GLEICHZEITIG GERETTET UND VERSKLAVT... ÄH... ZU EINEM OPUS GEMACHT...
Hör auf, vor mir über mich in dritter Person zu reden, du Spacko!
RUBIO KANN HIER ALS VERTRETER DER SCHWARZEN MAGIE BEIDE ARTEN VON MAGIE NUTZEN... UND SIE SOGAR KOMBINIEREN... WIE ER ES SCHON BEWIESEN HAT...
WEISSE MAGIE IST IN UNSERER WELT VERBOTEN. SCHWARZE MAGIE AUF DER ERDE JEDOCH NICHT. SOMIT TRITT EINE EINZIGARTIGE SITUATION AUF, DIE BEI UNS NICHT MÖGLICH IST.
Unsere Welt:
Weiße Magie: X
Schwarze Magie: ✓
Erde:
Weiße Magie: ✓
Schwarze Magie: ✓
ÄHM!
MAGIE IST ALLGEGENWÄRTIG UND HAT KEIN BESTIMMTES ZUHAUSE. HIER AUF DER ERDE IST SIE ALLERDINGS IM LAUFE DER ZEIT GEWANDELT UND HAT KAUM NOCH VERTRETER, WODURCH IHRE MACHT SCHWER ZU ERFASSEN IST.
Sie heißt hier derzeit "Physik", "Chemie" und so weiter... Kurz gesagt: "Fortschritt".

ES WÄRE DAHER INTERESSANT ZU SEHEN, WAS PASSIERT...
... WENN IHR EUCH VEREINT.
FLATSCH
WIR WISSEN BEREITS, WIE STARK EINE VERBINDUNG VON WEISSER UND SCHWARZER MAGIE SEIN KANN...
Seit dem letzten Kampf mit diesem Menschen.
UND DAS WAR SICHER NOCH NICHT ALLES... ES HANDELTE SICH DABEI JA HAUPTSÄCHLICH UM DIE EINZELNEN ZAUBERSPRÜCHE UND DEREN WIRKUNG.
EINE DIREKTE VERSCHMELZUNG VON EUCH BEIDEN KÖNNTE VÖLLIG NEUARTIGE... UNGEAHNTE KRÄFTE ENTFESSELN...
FUSION?
... DURCH DEN UNTER ANDEREM DIE RETTUNG UNSERES VOLKES MÖGLICH WÄRE.
... UND DADURCH VIELLEICHT SOGAR EIN PORTAL IN UNSERE WELT ÖFFNEN...
Sollen wir es probieren? Kennst du irgendeinen Fusionszauber? Ex-Opus? Mit deinem All-Wissen...
HMMM...
RATT
RATT
RATT
NÖ. ES GIBT KEINE FUSIONSMAGIE, DIE AUF UNMÖGLICHE ZAUBER GETRIMMT IST.
HM.
mampf
AH! STIMMT! RUBIO HAT ALS EINZIGER MAGIER ÜBERHAUPT SEIN HERZ AN EIN ANDERES WESEN ÜBERTRAGEN UND SOMIT EINEN UNMÖGLICHEN ZAUBER GESCHAFFEN. DAMIT IST SICHER NICHT ZU SPASSEN...
...
IN DEM FALL BLEIBT EUCH ABER IMMER NOCH...
...SEX.

FLATSCH
Ja... Diese Art von körperlicher Verschmelzung könnte im Fall dieser Beiden sogar eine stärkere Wirkung haben als eine herkömmliche Fusion...
schlürf
Die Konzentration der magischen Kraft wird enorm ausfallen!
W-
W-WAS SOLL DAS?
ÜBER SO ETWAS SCHERZT MAN NICHT!
DOFF
Freu dich doch! Es kommt nicht jeden Tag vor, dass man zum Wohle eines ganzen Volkes poppen darf! Du hast unseren Segen! Ab ins Bett mit euch!
Darüber habt ihr nicht zu entscheiden! Geht und poppt euch doch selbst!
Also...
ICH HÄTTE NIX DAGEGEN.
WIE?
schlürf
DAS AUGE HAT GESAGT, WIR SOLLEN MITEINANDER HARMONIEREN... VIELLEICHT IST DAS GENAU SO GEMEINT..
EINS WERDEN UND UNSERE MAGIE, SOWIE UNSERE KÖRPER VERBINDEN...
VERSUCHEN WIR ES DOCH EINFACH. ICH BIN BEREIT, ALLES ZU TUN, WAS NÖTIG IST, UM ZU HELFEN.
leck

NEIN.
W-was fällt dir ein?! Ist dir mein Ur-Enkel nicht gut genug?
Sscht!
WIESO NICHT? MIR IST ES NICHT UNANGENEHM UND DU BIST DOCH DERJENIGE, DER DAS DIE GANZE ZEIT TUN WOLLTE!
ICH HAB MICH IMMER ANGEPASST, WENN ES ÜBER DICH GEKOMMEN IST... EIN EINZIGES MAL KONNTEST DU ES DOCH AUCH!
GENAU DA... LIEGT DAS PROBLEM, RUBIO...
ICH HAB VERSUCHT... WIRKLICH VERSUCHT, DICH MIT MEINEN GEFÜHLEN ZU ERREICHEN, ABER DU...
... HAST DICH NUR ANGEPASST...
ICH HAB MIR ALLE MÜHE GEGEBEN, UM DICH IN SOLCHEN MOMENTEN GLÜCKLICH ZU MACHEN... DIR EINE SCHÖNE ZEIT ZU SCHENKEN...
?

UND SO... SOLLTE ES NICHT SEIN.
NUR WEIL ES SICH GUT ANFÜHLT, BEDEUTET ES NOCH LANGE NICHT, DASS ES IN ORDNUNG IST.
FÜR MICH IST ES NICHT IN ORDNUNG. NICHT MEHR...
IHR REDET DIE GANZE ZEIT ÜBER MAGIE UND ENORME KRÄFTE UND WUNDER UND WAS WEISS ICH...
ABER FÜR MICH BIST DU EIN WUNDER VON ANFANG AN.
ATI...
ICH WEISS NICHT, OB DIR BEWUSST IST, WIE STARK MEINE GEFÜHLE FÜR DICH SIND.
UND WIE ES SCHMERZT, IN SOLCHEN MO-MENTEN, ÜBER DIE WIR HIER REDEN, ZU SPÜREN, DASS DU ES NICHT GENAUSO EMPFINDEST.
UND SOLANGE ES SO BLEIBT, WIRD ES NICHTS BRINGEN. KEINEM VON UNS.

WIR KÖNNEN NUR MITEINANDER HARMONIEREN, WENN WIR DAS GLEICHE WOLLEN... SO WAR ES DOCH, ODER?
ABER AN DIESEM PUNKT SIND WIR LEIDER NOCH NICHT.
UND ICH WILL GANZ SICHER NICHT MIT DIR SEX HABEN, NUR UM JEMANDEM ETWAS BEWEISEN ZU MÜSSEN.
HEY... DIE IDEE, ES ZU TUN, KAM VON EINER... EULE. DAS SAGT JA WOHL ALLES.
LASS UNS NICHT ALLZU SEHR DARÜBER NACHDENKEN, JA? WIR HABEN WICHTIGERES ZU TUN.
Was war das denn für ein Mist?
Gib's zu, du hast nur Angst, im Bett zu versagen! Als könnte ein Mensch jemals einen Magier befriedigen!
HNG! Dieser Opa-Zauber war echt 'ne tolle Idee!!!
Und was hast du gegen Eulen, HÄÄ?
HAU AB!!!
WARTET NUR AB!

JA, WIR HABEN WICHTIGERES ZU TUN, ALS RUMZUMACHEN...
TATSÄCHLICH HAT ER MICH SEIT DEM TAG, AN DEM ICH IHN ALS OPUS BEFREIT HABE, KAUM NOCH ANGEFASST... UND GEKÜSST SCHON MAL GAR NICHT...
Rumtragen zählt nicht...
UND DENNOCH HÄTTE ICH NIE GEDACHT, DASS EINE ABLEHNUNG VON IHM SO SCHMERZEN WÜRDE.
UND DAS OBWOHL ICH IHM DOCH SAGTE, DASS ICH DEN WEG GEMEINSAM MIT IHM GEHEN WILL...
DER SCHEM SCHWEIGT NATÜRLICH WIEDER, WAS HEISST, DASS ER VON UNS EIGENINITIATIVE ERWARTET...
WAHRSCHEINLICH IST ER ABER EINFACH VON DER TATSACHE ANGENERVT, DASS WIR EBEN NICHT VORAN KOMMEN...
ABER KEINER VON UNS WEISS, WAS ZU TUN IST.
Siehst du? so geht das!
Woow!
ICH HAB UNBEABSICHTIGT ALLE ZAUBER DER SCHWARZEN MAGIE AUSGELÖSCHT UND WEISS NICHT, WIE ICH NUN OPA JEMALS WIEDER SEHEN SOLL!
DAS AUGE HAT MICH DAVOR GEWARNT... AUCH WENN ES ZU DEM ZEITPUNKT ZU SPÄT WAR...
OPA! BITTE, HILF MIR NOCH EIN MAL! NOCH EIN EINZIGES MAL! ICH BRAUCHE ANTWORTEN! ICH MUSS WISSEN, WAS ICH TUN SOLL!

OHNE ATI BIN ICH NICHTS... ICH KANN NICHT MAL ORDENTLICH NACHDENKEN, WENN ER NICHT BEI MIR IST...
WIE SOLL ICH JE AUF RETTUNG EINER GANZEN WELT HOFFEN?
ICH FÜHLE MICH SO VERLOREN... SO WERTLOS...
OHNE HILFE KRIEGE ICH SELBST NICHTS HIN.
ICH BIN DOCH SELBST EIN HOFFNUNGSLOSER FALL!
Axels ultimativer Tagesplan für ein perfektes Date!
quetsch
RUBIO...
... KOMM INS BETT!

BIST DU SICHER, DASS DU MICH NOCH MAGST?
ICH WEISS NICHT, WIE ICH DAS VON VORHIN VERSTEHEN SOLL...
?
...
ICH...
Du weißt, wie ich das meine. Du musst etwas Ruhe haben.
HMPF!
Du willst doch nicht mit mir schlafen!
ATI...
...
JA?
ICH MEINE...
DAVOR... WARST DU WIE WILD DARAUF... DU KONNTEST DIE FINGER NICHT VON MIR LASSEN...
DU SAGTEST, ICH WEISS NICHT, WAS GENAU DU FÜHLST... UND ICH WEISS ES NICHT. HAT SICH ETWAS GEÄNDERT, SEIT DU NICHT MEHR ALS OPUS AN MICH GEBUNDEN BIST?
WIESO WILLST DU MIT MIR NICHT... MEHR... ALL DIESE SACHEN MACHEN?
RUBIO, WAS...
... REDEST DU DA?
WAS GENAU... SCHMERZT DICH DABEI?
...

JA. ES HAT SICH SO EINIGES VERÄNDERT.
ICH LIEBE DICH MITTLERWEILE MEHR, ALS ICH JEMALS IN WORTE FASSEN KANN.
UND ICH WEISS DOCH...
... DASS ICH DIR AUCH NICHT GLEICH-GÜLTIG BIN.
WIE?
DU HAST MEINETWEGEN AUF EINEN UNMÖGLICHEN ZAUBER VER-ZICHTET UND MIR DADURCH DAS LEBEN GERETTET.
UND DU HAST MIR DEIN HERZ GESCHENKT... ZUM ZWEITEN MAL IN FOLGE.
ICH TRAGE DEIN HERZ IN MIR... DIE GANZE ZEIT...
ICH FÜHLE UND VERSTEHE ALLES, WAS DU FÜHLST UND ERLEBST... ICH NEHME ALL DEINE GEDANKEN UND SORGEN WAHR.

IN MEINER WAHNSINNIGKEIT HAB ICH MIR DEINE ZUNEIGUNG UND AUCH DIE OPUS-BINDUNG DIE GANZE ZEIT ALS LIEBE ERKLÄRT... UND DACHTE, DASS DU NUR EINEN SCHUBS BRAUCHST, DAMIT ES DIR SELBST KLAR WIRD...
ABER ALL DAS WAR WOHL NUR EINBILDUNG. DU BRAUCHST MICH... ABER DU KANNST MICH NICHT SO LIEBEN, WIE ICH ES GERN HÄTTE...
ABER SO SEHR ICH MICH AUCH ANSTRENGE...
... ICH KANN KEINE LIEBE MIR GEGENÜBER SPÜREN.
ES WAR DUMM VON MIR, ES VON DIR ZU WOLLEN!
MANCHES KANN MAN NUNMAL NICHT ERZWINGEN!
DU HAST MEHR ALS GENUG FÜR MICH GETAN UND DAFÜR WERDE ICH DIR FÜR IMMER DANKBAR SEIN.
...
ICH...
HEY... IST SCHON IN ORDNUNG.
FÜR MICH IST DAS ALLES AUCH GANZ NEU. WIR SIND DA WOHL EINFACH VIEL ZU SCHNELL REINGERUTSCHT.
DU BIST VIEL ZU WERTVOLL FÜR MICH... UND ICH KANN WARTEN. SO LANGE, WIE DU BRAUCHST.
ICH WERDE BIS ZUM ENDE BEI DIR BLEIBEN. EGAL, WAS PASSIERT. ABER DAS, WAS DU VON MIR WILLST, GEHT DERZEIT NUNMAL NICHT...
Gerade weil ich weiß, was du fühlst und was du eben nicht fühlst!

...
Nah, aber sonst hat es dir doch auch nichts ausgemacht!
Ich weiß! Ich war nicht ich selbst! Es tut mir leid! Kommt nicht wieder vor!
WIPP
Ich sagte doch, dass ich es auch will!
Ich kann dich nicht hören! Wenn es so wäre, würde doch der Schlüssel funktionieren!
KEINE SORGE. WIR WERDEN SCHON EINEN WEG FINDEN, WIE WIR MITEINANDER HARMONIEREN KÖNNEN.
MEINST DU WIRKLICH?
GANZ BESTIMMT!
MÜSSEN DRAUSSEN SCHLAFEN
WEISST DU WAS?
MORGEN MACHEN WIR UNS EINEN SCHÖNEN TAG UND DANACH GEBEN WIR GAS!
hnn!
Nicht beißen!
ABER DAFÜR MÜSSEN WIR AUSGESCHLAFEN UND BEI KRÄFTEN SEIN!
...
ALSO KOMM...
HM...
klacker
POPP!
Du lässt dich schon wieder von ihm rumtragen?
Das wird ja immer schöner!
zwipp
UNGH!

...
ATI...
Ich...
...
ICH WEISS.
trill
trill

Hm?
SAG MAL, ATI!
~
~
knips
AUS WELCHEM GRUND...
... HAST DU UNS ALLE ZUM WANDERN VERDONNERT?
?
BRAUCH ICH EINEN GRUND?
Schon, aber...
Wollt ihr ein zuckerwattepupsendes rosa Einhorn oder nicht?
Äh... wie man's nimmt...
Dann hört auf zu meckern und folgt uns!
HAB ICH AUCH!
ICH DACHTE, DU HAST FÜR ATI EIN DATE GEPLANT? IN DER STADT...
oder so...
ICH HAB KEINE AHNUNG, WAS ER MIT UNS VOR HAT!

UND MITTEN IN DER NACHT 'NE SMS ZU BEKOMMEN, DASS HEUTE WANDERTAG ANGESAGT IST, IST NUNMAL SELTSAM...
ABER SEIT WANN ENTSCHEIDEST DU DARÜBER?
Bye, Brüche!
Dito! Heute ist Matheklausur!
KLAR FREUEN WIR UNS!
SOLLTET IHR EUCH NICHT LIEBER FREUEN, DASS IHR HIERFÜR SCHULFREI BEKOMMEN HABT?
MEIN GOTT, WAS SEID IHR FÜR JAMMERLAPPEN?!
UM EUREN KLASSENLEHRER HAB ICH MICH GEKÜMMERT. ER WEISS BESCHEID!
Wenn nicht, kriegen wir mächtig Ärger...
Ob Bash überhaupt hiervon weiß?
Und das auch nur für unsere Klasse...
WÄHRENDDESSEN IN DER 11-G
?
Ersatzschüler aus 100% Baumwolle
biologisch abbaubar
kritzel
kritzel
...
WO GEHEN WIR ÜBERHAUPT HIN?
tap
tap
WIR SIND STADTMENSCHEN! GANZ UND GAR NICHT FÜR EINEN LÄNGEREN AUFENTHALT IN DER NATUR BESTIMMT!
WENN WIR SCHON DEINETWEGEN QUER DURCH EUROPA PILGERN MÜSSEN, WIE WÄR'S MIT PAAR FERRARIS ODER FAHRRÄDERN?
Axel! Ich brauch Wasser!
Hier!
ATI!
Ich kann nicht mehr!
huff

WIE. WAR. DAS?
ZZZIPP
Einen Versuch war's wert...
ICH BESTEHE KOLLEKTIV DARAUF, DASS DU MICH AUCH TRÄGST!
ATI!
SEIT WANN BIST DU EIN KOLLEKTIV, AXEL?
IHR SPINNT DOCH! IHR BANAUSEN!
Was?
AAH! Hier ist ein Käfer!
Hilfe! Er glotzt mich an!
Schnell weg!
Die Natur ist voll gefährlich!
Quer durch Europa? Wir haben noch nicht einmal zehn Kilometer hinter uns!
Hää? So weit schon?
knips
knips
knips
HARW!!!
Nein... Du kannst mich aber auch runter lassen.
Möchtest du was trinken?
Unsinn! Ich trage dich bis ans Ende der Welt!
...
HAST DU ES BEQUEM GENUG?
HM?
J-JA.
So cute!
ALSO WENN DAS BEI DENEN SO WEITER GEHT, WERDE ICH NOCH EINEN FANCLUB GRÜNDEN MÜSSEN!
Wie? Ans Ende der Welt? Und dort wirfst du mich dann ins Meer oder was?
HAHA!
Niemals!
GNN!

WAS LÄUFT DENN NUN ZWISCHEN EUCH? SEID IHR EIN PAAR ODER NICHT?
Ein... Paar?
JA.
&
NEIN.
?!
JA?
NEIN?
Was denn jetzt?
TJA...
EIN RICHTIGES LIEBES-PAAR...
... WIRD AUS UNS VERMUTLICH NIE...
...
Oh...
WAS?
ABER EINE TIEFE VERBIN-DUNG HABEN WIR BEREITS ERREICHT!
HE HE
WIEEE?
Ati! Du Luder!
Wie tief warst du drin?!
Magier
Das Herz des Magiers
Ex-Opus
SO...
DA WÄREN WIR.

Und was machen wir jetzt hier?
ÄH...
EIN SEHR... SCHÖNER SEE, ATI.
Und ich glaube, wir werden von einem roten... Pfau? verfolgt!
AAAAAH!
Jetzt hab ich Angst vor ihm!
MUWA HA HA HA!
Die ganze Gegend hier ist unheimlich!
RUBIO... HAST DU 'NE AHNUNG, WAS ER HIER WILL?
ATI!
ATI?
NÖ.
KREMPEL
hrhr
RAMSES?
ha-ha!
BSS
BSS
IEEEEH!
DA IST DIESER KÄFER WIEDER!
BSS
KSCHA!
KSCHA!
UND... REX?
BSS
ENTWEDER DU SAGST UNS SOFORT, WAS WIR HIER SOLLEN ODER WIR GEHEN HEIM!
ATI!
HÖRST DU?
!!
?
BRRRRZZZZZZZZT

Splash
AAAAAAAH!!!

WAS... IST - ?
... das?
EINE...
... WASSERRUTSCHE?
EHER EIN GANZER...
... AQUA-PARK!!!
DA- DAMM!
UND?
WAS SAGT IHR?

kChChChCh~
Sie sind ohnmächtig geworden.
Oh.
GNGN ~
BUWÜWÜ ~
← NAHEZU OHNMÄCHTIG...
Ist das ein Traum?
Jungs, seht ihr das auch?
A-aber... ich wollte doch nur...
Wieso musst du auch immer so übertreiben?
Aber... ich verstehe nicht... wozu das alles?
Ganz einfach!
Thehe!
Sollten wir deswegen unsere Badesachen einpacken?
Du Schlingel!
Wow!
Das ist echt unglaublich!
Keine Illusion!
Plitsch
Um Spass zu haben.
Nur heute, ja?

...
DAS IST ALLES?
DAS IST ALLES.
...
WU HUU UUUUU UUU!
SPlash
BOFF!
Rubio, du musst schon ein wenig mitmachen, weißt du?
Komm wieder runter, Ati! Das war keine Absicht!
WAS SOLL DAS? WER WAR DAS? RUBIO IST HEILIGER BODEN!
HÄÄ?
Das... ist also Spaß?
Bereit?
Komm Rubio! Hände hoch! Versuche, den Ball zu treffen!
Uhm!
HOPP!
BOFF!
UPS!

DAS MUSS AN DIESEM BLÖDEN "BADE-ANZUG" LIEGEN!
zerr
ICH KANN MICH DA-RIN NICHT RICHTIG BEWEGEN!
BATSCH!
DOFF!
Ach, Rubio!
kuller
WAS DENN?
So unbegabt!
PATT
WIESO DARF ICH NICHT WIE IHR ALLE NUR EINE BADEHOSE TRAGEN?
DAMIT DICH HIER ALLE ANSTARREN UND ANSAB-BERN? VER-GISS ES!
DU bist doch der Traum unserer schlaf-losen Nächte, Ati!
ICH MACH DAS NICHT MIT!
SCHNIPS
POFF
ES IST UNANGE-NEHM UND BASTA!
QUIEEETSCH!
Ja! Runter mit der Hose!
ÄH-
O-OI! IST DAS ETWA EINE... ZENSUR... ANANAS?
YEAH!
HM?
Ati!! Das ist gemein!!!
CHE CHE

Du sagtest doch, ihr seid kein Paar! Rubio gehört daher allen!
UND SO BLEIBT ES AUCH. ICH ERLAUBE NIE-MANDEM, MEINEN RUBIO NACKT ZU SEHEN!
DAS HÄTTET IHR GERN!
BA- DOFF!
AUA!
Ey!
WUPP
WUPP
?!
?!
WUPP
HI!
?!
MAN KANN VON KEINER SEITE ETWAS SEHEN!
WER VON EUCH WILL MIT RUBIO AUF DIE WASSER-RUTSCHE?
HEY!
ICH!
ICH!
ICH!
Aah! So ist es viel besser!
TÄNZEL
UND ÜBERHAUPT! WAS MACHEN WIR HIER?
WOLLTEST DU NICHT EIN ROMANTISCHES DATE MIT RUBIO HABEN? ICH HAB FÜR EUCH ZWEI EINEN PERFEKTEN TAG ZUSAMMEN-GESTELLT!
Eine Erklärung, bitte!
A-ABER... ICH HAB DOCH HÖHEN-ANGST!
WIESO HAST DU DANN EINE WASSER-RUTSCHE GEBAUT?
ATI, WAS SOLL DIE FRAGE WIEDER?
GENAU DAS SOLLTEST DU DOCH SELBST MACHEN!
SCHNAPP
I-ISCH WUILL-!

WENN ICH WILL, DASS ER EINE TOLLE ERINNERUNG AN DIE ZEIT HIER MITNIMMT, MUSS ES ETWAS SEIN, DAS IHM SPASS MACHT.
ICH KANN RUBIO NICHT MEINE WÜNSCHE AUFZWINGEN UND AUCH NOCH ERWARTEN, DASS ER MIR DANKBAR DAFÜR IST.
?
ICH...
... HAB NOCHMAL DARÜBER NACHGE-DACHT.
UND DU HATTEST RECHT.
UND ICH DENKE, DIE ERINNERUNG...
... SOLLTE EUCH GELTEN.
Ati...
?
ES IST LEIDER SO GEKOMMEN, DASS ER WEGEN MIR NUR NOCH UNTER DRUCK GESETZT WIRD.
ABER MIT EUCH... SEINEN FREUNDEN... KANN ER ALLES VERGESSEN, WAS IHN BE-DRÜCKT...
UND GENAU DAS IST ES, WAS ER IM MOMENT BRAUCHT.

HM? WOVON GENAU SPRICHST DU?
ACH, DAS IST KOMPLI-ZIERT.
ICH BIN ES VON ANFANG AN FALSCH ANGE-GANGEN... UND ICH FÜRCHTE, ES IST ZU SPÄT, UM NOCH IRGENDETWAS DARAN ÄNDERN ZU KÖNNEN...
ICH MUSS EINFACH AKZEPTIEREN, DASS ICH VERSAGT HABE.
ICH...
... HAB JA GEHOFFT, RUBIO EINES TAGES SO UNBESCHWERT LÄCHELN SEHEN ZU KÖNNEN... WIE HEUTE.
KLAPP
ICH DANKE EUCH, DASS IHR HEUTE FÜR IHN DA SEID UND DIES MÖGLICH WAR!
Atiii! Gib nicht auf!!!
So süß!
schluchz
DIESER KERL IST WIRKLICH EIN... VOLL-HONK!
ZWAPP
uffuuu!
Um es auf **deine** Art zu sagen...
HÄÄ??? WENN DU WAS ZU SAGEN HAST, SAG'S GEFÄLLIGST AUF DEINE EIGENE ART!
Rubio ist doch nicht wegen uns so gut drauf!!!
Sondern einzig wegen dir!
Aah!
Nein nein! Du irrst dich! In meiner Nähe ist er nur schlecht drauf!
Ist immer so gewesen!

Ach komm, sei nicht so!
Wenn ihr meint...
Schau, Rubio, ist das nicht lustig?
Wie lange wollt ihr noch bei mir daheim hocken? Geht lernen!!
BEI BASH ZUHAUSE
ES IST JA NICHT SO, ALS HÄTTEN WIR ES NICHT VERSUCHT...
ABER DER EINZIGE, DER IN RUBIO JEMALS SO ETWAS WIE EMOTIONEN HERVORGERUFEN HAT...
... BIST DU.
WAS DENN?
SCHLECHTE LAUNE IST DOCH AUCH EIN GEFÜHL!... KAPIERST DU ES DENN NICHT?
ES MAG SEIN, DASS WIR FÜR RUBIO VERMUTLICH DAS GEWORDEN SIND, WAS MAN FREUNDE NENNT...
ER SCHIEN SICH FÜR NICHTS ZU BEGEISTERN... ALS HÄTTE ER SICH SELBST AUFGEGEBEN...
DER RUBIO, DER IN UNSERE KLASSE GEKOMMEN IST, WAR EINE APATHISCHE SCHLAFMÜTZE UND INTERESSIERTE SICH FAST NUR FÜRS ESSEN...
DU HAST GESAGT, DU WILLST IHM BEIBRINGEN, WAS SPASS IST... ABER FÜR MICH SIEHT'S AUS, ALS HÄTTE ER MIT DIR LÄNGST DEN GRÖSSTEN SPASS SEINES LEBENS!
Lass mich in Ruhe!
Lass uns Einrad fahren! Ich hab extra gelernt wie's geht! Wer als Erster hundert Runden ...
BLA
NERV
AHAHA! Nie im Leben!
Mülltrennung ist einfach und gut für die Umwelt! Komm! Sind nur 5 Tonnen!
ABER DIR... MIT DEINER AUFDRINGLICHEN ART... IST ES GELUNGEN, IHN IMMER WIEDER AUS DER RESERVE ZU LOCKEN.
Ha-ha-ha! Hast mich nicht erwartet, was? Aber ich bin immer in der Nähe!!!
BUH!
AH!

pfeif
HEY, WER WAR DAS?
DOFF
!!
HM... SO HAB ICH DAS NIE BETRACHTET...
...
kratz kratz
HUCH?
Hier, du darfst natürlich jederzeit!
...MIT IHM VERSCHMELZEN WOLLTE.
ACH DAS... ER IST NUR SAUER, WEIL ICH GESTERN NICHT...
HOPP
SIEHST DU?
Wieder eine Reaktion!
WICHTIG IST DOCH... GANZ EGAL, WAS RUBIO FÜHLT...
... ER FÜHLT ES DANK DIR.
... UND AUCH IN DICH.
ICH BIN MIR SICHER, DASS SEINE SCHÖNSTEN ERINNERUNGEN AN DIE ZEIT HIER BEI UNS MIT DIR GEFÜLLT SEIN WERDEN.
ALSO HAB ETWAS VERTRAUEN... IN RUBIO...
QUETSCH
Ah du wirst wieder rot! So cute!
S-sei still!

LABER NICHT! ICH BIN NICHT UNGLÜCKLICH!
HÖR AUF, SO FINSTER DREIN ZU SCHAUEN! BIST DU NICHT HIER, UM 'NE SCHÖNE ZEIT ZU HABEN? WIE KANNST DU DABEI SO TODUNGLÜCKLICH AUSSEHEN?!
ATI!!! DAS SOLLTE DOCH EIN LOB AN DICH SEIN!
seufz
DU SIEHST ABER SO AUS...
EGAL, WIE SEHR DU AUCH VERSUCHST, NORMAL ZU WIRKEN... DEINE AUGEN SEHEN IN LETZTER ZEIT SO TRAURIG AUS...
ES IST, ALS WÜRDE DICH EINE WICHTIGE ENTSCHEIDUNG BELASTEN...
DABEI SCHEINST DU GAR NICHT LIEBESKUMMER ZU HABEN...
HAT ES ETWAS DAMIT ZU TUN, DASS RUBIO WEG GEHEN MUSS?
Und nicht mehr zurück kehren soll?
IST DIESER TAG... DEIN ABSCHIED VON IHM?
BITTE, ATI... EGAL, WAS DU NOCH VOR HAST... MACH JA KEINE DUMMHEITEN!

batt
WUUUU
KA–
DOFF
Ein Lehrer muss seinen Schüler auch mal loben!
O-Oi! Und überhaupt! Wieso lobst du mich eigentlich? Das ist mir voll suspekt!
Gewalt ist keine Lösung!
Du Sack hast mich nur verunsichert! Ich hätte mein erträumtes Date mit Rubio problemlos haben können!
Er hätte sicher Spaß dabei gehabt!
Sorry.
würg
ALLEIN DESWEGEN HAT SICH DIESER AUSFLUG SCHON GELOHNT, MEINST DU NICHT AUCH?
Eifersüchtig?
HA! HAHA! SIEH MAL EINER AN! DER BURSCHE KANN JA SOGAR EIFERSÜCHTIG SEIN!
Ati! Hau rein!
DUNN
DUNN
BSS
Wie? Du gibst es zu???
Na und?
Waah! Rubio! Du... bist wirklich... eifersüchtig?
Wieso? Darf ich nicht? Häng nicht ständig an Axel rum... dann werd ich auch nicht eifersüchtig!
Aaah!
miau?
heul
MEINE FRESSE!
ICH KOMM NICHT DRAUF KLAR, WIE SÜSS DIE ZWEI SIND! ES IST MIR EGAL, OB UNSERE WELT UNTERGEHT! HAUPTSACHE, SIE SIND GLÜCKLICH!
hüpf
hüpf

HM...
ALSO WENN ICH DA REINGEHE, KOMME ICH UNTEN AM WASSER WIEDER AN, JA?
JUPP.
BEI AZAEL! WIESO SIND WIR ÜBERHAUPT DEN GANZEN WEG NACH OBEN GEKLETTERT, WENN WIR DOCH SOWIESO WIEDER NACH UNTEN SOLLEN?
Das macht doch keinen Sinn!
Du olle Meckertasche! Rein mit dir!
Heute ist Spaß angesagt! Schon vergessen?
SCHUBS
HAT AUS SICHERHEITSGRÜNDEN DOCH EINE BADEHOSE BEKOMMEN.
ZUSAMMEN.
plätscher
...
ICH BIN DIREKT HINTER DIR.

WUAAAAAH!
Schwuuuuu
UND?
WIE FINDEST DU'S?
A...
ABGE-FAHREN!
Hab aber Angst!
HAHA!
Ich halt dich fest!

AAAAAH!
Schaaa
Schwaaaaaa
OH!
EINS HAB ICH VÖLLIG VERGESSEN!
Unten ist ja Wasser!
HM?
ICH KANN NICHT SCHWIMMEN!
Schwuuuu
SCHWUTT
WAS?!

!!
SPLASCH
BLUBB
BLUBB
FWAAAA
keuch
keuch
ALLES GUT?
huff
keuch
JA... NASS...
huff

DUUUU!!!! WAS SOLL DAS HEISSEN, DU KANNST NICHT SCHWIMMEN?
ICH KANN'S HALT NICHT!
DAS IST JA OK, ABER... WIESO ZUM TEUFEL HAST DU DAMALS MEINE HERAUSFORDERUNG ZUM WETTSCHWIMMEN ANGENOMMEN, DU DÖDEL???
zerr
Ich... hatte nicht darüber nachgedacht! Ich wollte nur die Essenskarte!
Du bringst mich noch ins Grab!!
Und ich hab so viel Zeit verschwendet, ordentlich schwimmen zu lernen, nur um dich zu beeindrucken!
Äh!
AH!
A-AH!
plätscher
Ati! Wieso hast du das Becken auch so tief gemacht? Eineinhalb Meter hätte gereicht!
Klappe! Bin ich ein Bau-Ingenieur oder was?
BLU
BLU
Ah! A-Ati!!!
ATI!
BLU
BLU
VERDAMMT! DU BIST DOCH EIN MAGIER, RUBIO!!!
Ah!
BLU!
BLU!
BAMM!
seufz

WOBBLE
DU MUSST AUFHÖREN, DICH STÄNDIG AUF MICH ZU VERLASSEN!
Was?
?
ICH HAB ZWAR IMMER NOCH DEINE MAGIE, ABER...
EGAL, WIE OFT DU NEIN SAGST...
... DU MUSST SIE DIR ZURÜCK HOLEN!
ES FÜHRT KEIN WEG DRUMHERUM!
HNN
SONST WIRD DEIN WUNDER NIE PASSIEREN!
YEAY!!!
Schaut, was ich kann!
Oha! Das ist ja geil!
PLATSCH
PLATSCH
PLATSCH
Ein... richtiger Meer-jung... mann!
WOOOOO! Hey, ich will auch!
KCHKCH!

SPLASH
Wahnsinn!
BSS
Ah! Da ist dieser Käfer wieder!
SCHAA!
I-ICH KANN HIER NICHT IMMER AN ALLES DENKEN!!!
ÖH!
WÄRE WOHL SINNVOLLER...
Aber kannst du ihm nicht einfach das Schwimmen beibringen?
BSS
WIE OFT DENN NOCH?
ATI! WIE MACHST DU DAS NUR?
BSS
BSS
ES IST MAGIE.
UNFAIR!
Ati! Mach uns auch zu Meermännern!
Kein Bock! Ich hab gerade das Becken angepasst, damit hier niemand ertrinkt!
Ach komm schon, Ati!
Es wäre traumhaft, es einmal auszuprobieren!!!
Schwimmt gefälligst selber! Seid nicht so faul! So erreicht ihr im Leben nie was!
HÄÄ? UND WIESO DARF RUBIO DANN - ?
Weil er von Natur aus faul ist!
Ausreden!
ATI GIBT SICH MÜHE... ABER IN GEDANKEN IST ER STÄNDIG WOANDERS...
ICH SOLLTE IHN IRGENDWIE ABLENKEN...
AHAHAHA! DIE FLOSSE HAT IHR EIGENES LEBEN!
DAS KITZELT!!!!
WOBB
WOBB
Er hat wirklich Spaß!
SAG MAL, RUBIO...

WIESO HAST DU DIR EIGENTLICH DIE HAARE GEFÄRBT?
Und wo kriegt man solch einen reinen Goldton?
ZIEP
UND DER HAARSCHNITT... DU BIST ZWAR NOCH SÜSSER ALS VORHER, ABER IRGENDWIE... SIEHST DU AUCH ÄLTER AUS!
Um drei Jahre mindestens...
?
HM... ICH KANN IHM WOHL SCHLECHT ERKLÄREN, DASS ICH DIE HAARFARBE VOM AUGE VERPASST BEKOMMEN HAB...
UND ER HAT MIR WOHL AUCH DIE DREI JAHRE ADDIERT, DIE ICH LAUT OPA VERLOREN HATTE, ALS WIR... VERMUTLICH... IN DEM RAUM-ZEIT-LOCH GEFANGEN WAREN...
WOBB
WOBB
siehe Band 2
...
ähm
Also...
ATI HAT GESAGT, DASS ER SO SCHNELLER EINEN STÄNDER KRIEGT!
WOBB
SCHOCK
W-was hab ich?
OHO! ICH HAB EINEN WITZ GEMACHT!
Oder?
NEIN.
WIE?
ATI! DU STEHST ALSO MEHR AUF BLONDE? DAS HÄTTEST DU UNS LÄNGST SAGEN KÖNNEN!
HÄÄ?
DAS STIMMT DOCH GAR NICHT!
Rubio!!! Wieso lügst du so unverschämt??? Ich liebe dich, ungeachtet deiner Haarfarbe!
PFEIF
!!
D-DAS WAR NUR HENNA! P-PARTNER-LOOK! GING NACH EINMAL BADEN WIEDER AB!
AH!
HAHA!
Wenn DU lügst, ist es also in Ordnung, ja?
WOBB
Psscht!
DA FÄLLT MIR EIN...
HAST DU VORHER NICHT AUCH SOWAS WIE TATTOOS GETRAGEN, RUBIO? WO SIND DIE HIN?
NEULICH HAT ATI DIE GLEICHEN AM KÖRPER GEHABT!
WIR GEHEN NACHHER ZUM BOSSMANN, JUNGS! BIS SAMSTAG GIBT'S NOCH 20% RABATT AUF HAARFARBE!
YEEAAH!!!
OI! HÄNDE RAUS AUS MEINER BADEHOSE!!
HAT RUBIOS TATTOOS IMMER NOCH. VERSTECKT. DANK MAGIE.

HA! RUBIO! ERZÄHL MAL! WIE IST ATI SO?
HM?
BEIM SEX!
Ich wusste, dass das noch kommt..!
Ähm... keine Ahnung... was genau willst du wissen?
Na... ALLES!
HABT IHR SCHON EINEN GEMEINSAMEN ORGASMUS GEHABT?
PFFFRT
ORGA-WAS? WAS IST DAS?
SIE HABEN ES NOCH NICHT GETAN!
ORGASMUS. ODER HÖHEPUNKT. DIESES WUNDERBARE GEFÜHL BEIM SEX, WENN SICH KÖRPER UND GEIST TRENNEN UND DU ALLES UM DICH HERUM VERGISST!
AAH!
DIESE... HÖHEPUNKTE HABE... HATTE ICH REGELMÄSSIG... SIND GANZ NETT...
G-ganz nett?
PFFTAA
ABER GEMEINSAM? HM... WOHL NICHT... ICH GLAUBE, ICH WAR DER EINZIGE...
ATI HAT DAS NIE BEI MIR ERLEBT...
...
SO IST ES... ES WAR ZIEMLICH... EINSEITIG...
NA TOLL... UND JETZT WERDEN WIR WOHL AUCH NIE EINEN GEMEINSAMEN HÖHEPUNKT ERLEBEN...
HMPF!
WIE?
ATI HAT SICH NÄMLICH IN DEN KOPF GESETZT, DASS ER MICH NICHT MEHR ANFASSEN WILL!
Ist er dir etwa nicht blond genug?
Ati! Stimmt das???
PETZ!
Lasst mich in Ruhe! Ich bin gerade am Boden zerstört!

WIE LANGE DAUERT DENN DIESER HÖHEPUNKT, WENN MAN IHN GEMEINSAM MIT JEMANDEM ERLEBT?
DAS, WAS ICH BISHER ERLEBT HABE, IST MIR UM EHRLICH ZU SEIN VIEL ZU KURZ VORGEKOMMEN!
RUBIO...
ES IST EIN... HÖHEPUNKT! ER WIRD IMMER NUR EIN PAAR SEKUNDEN... HÖCHSTENS MINUTEN DAUERN!
Bei euch unerfahrenen Jungfrauen eh...
Leider... Wir alle wollen, dass es nie aufhört...
WAS?
UND WEGEN DIESEN PAAR SEKUNDEN MACHST DU SO EINEN STRESS?! DU TUST SO, ALS WÜRDE ICH SONST WAS VON DIR VERLANGEN! SOWAS HABEN WIR DOCH SCHON OFT GEMACHT!
Patsch
Patsch
Patsch
ES GIBT KEINEN GRUND, ES NICHT MEHR ZU TUN! MEIN KÖRPER IST BEREIT FÜR DICH!
Mein Volk auch!
DEIN KÖRPER IST MIT EINEM MAGISCHEN GÜRTEL VERSIEGELT, SCHON VERGESSEN?
ZERR
ZERR
Laff daf!
SOLL ICH DICH ETWA DURCH DIE SIEBEN RIEGELN PENETRIEREN?
ZERR
BIN ICH EIN TERMINATOR?
??
WER?
WENN...
... ICH DIR ZEIGE, WIE MAN DEN GÜRTEL AUFSCHLIESST...
... WIRST DU MICH DANN... ICH MEINE... WIRST DU DANN MIT MIR... VERSCHMELZEN?
Wie?
D-DU WEISST, WIE MAN DEN GÜRTEL AUFSCHLIESST... UND AUCH WIESO ES BIS JETZT NICHT MACHBAR WAR???
KLAR DOCH.
VERARSCHST DU MICH? WIESO HAST DU ES MIR NICHT GESAGT?
ICH SAGE ES DIR JETZT.
WAS SOLL DIESER PLÖTZLICHE SINNESWANDEL?

...
D-DIE SITUATION VERLANGT ES, ALSO WERDE ICH ES FÜR DICH TUN!
uh!
KSACK
Buuuuh!
Rubio, das war... ganz schlecht!
HM?
!!
ÄH! DIE BETONUNG LIEGT NATÜRLICH AUF DEM TEIL "FÜR DICH!" FÜR DICH ALLEIN! NUR FÜR DICH!
DU BIST DER EINZIGE, DER ES KANN!... DARF!...
Wortwörtlich!
U- UND ICH VERSPRECHE, ICH WERDE MICH AUCH NICHT AN-PASSEN! ICH WERDE VOLL MITMACHEN... UND ALLES TUN, WAS DU VON MIR WILLST!!!
RUBIO...
UND I-ICH MEINE... SELBST WENN ES NUR EIN PAAR SEKUNDEN SIND... DU KANNST VON MIR SO VIELE SEKUNDEN HABEN, WIE NÖTIG SIND... ÄH... SO VIELE, WIE DU BRAUCHST!!!
RUBIO...
UND WENN ES AM ANFANG NICHT KLAPPT, KÖNNEN WIR ES SO LANGE PROBIEREN, BIS ES -
RUBIO!
BITTE...
... HÖR AUF.

PLITSCH
ICH WEISS, WAS ICH VON DIR ERWARTEN KANN UND WAS NICHT.
DU KÖNNTEST DIR ECHT ETWAS MÜHE GEBEN, MEINE GEFÜHLE ZU VERSTEHEN.
Atiii!
ES TUT WEH ZU HÖREN, WIE DU VERSUCHST, DICH DAZU ZU ZWINGEN. DAS IST NICHT DAS, WAS ICH WILL!
Hm?
HNNN!
PATSCH
PATSCH
Lass dich nicht drauf ein, Ati! Er ist nun mal, wie er ist!
I-ICH WARNE DICH! FÜHR MICH JA NICHT STÄNDIG IN VERSUCHUNG! AM ENDE GEB ICH NOCH NACH UND DAS WIRD DEIN UNTERGANG SEIN!
WENN WIR ZWEI ES EINES TAGES TUN… SO RICHTIG… WERDE ICH DIR EINEN HÖHEPUNKT BESCHEREN, DER EINE GANZE STUNDE DAUERN WIRD!
Sekunden! Ha! Ich lach mich tot!
UND DANN WIRST DU DICH SO HEFTIG IN MICH VERLIEBEN, DASS DU ES BEREUEN WIRST!
EINE… STUNDE?
schluck
Ati! Was ist das denn für eine Drohung???

HMPF!
Oh, mein Gott!!!
Ich auch!
I-Ich glaub's ihm!
STILLE ~
TSE!
Das ist unmöglich!!!
H-habt ihr gehört, Jungs? Ati glaubt, ein Orgasmus kann eine ganze Stunde dauern!
BWAHAHAHA!
E-EIN MOMENT! HÄNGT HIER DOCH EIN LIEBES-DILEMMA IM RAUM?
?!
L-LEUTE, WISST IHR WAS?
WENN ICH SAGE: EINE STUNDE, DANN WIRD ES EINE STUNDE SEIN!
Das kann nur eine Jungfrau sagen!
VERSTEHE ICH DAS RICHTIG? DU LIEBST RUBIO, ER DICH ABER NICHT..?
UND DU WILLST MIT ATI SCHLAFEN, ER WILL MIT DIR ABER NICHT?
WOBB
Uhm...
Uhm...
Hey, ich liebe dich und mit mir willst du's auch nicht machen, also was denn nun?
ZWAPP
YEAY! ER IST ABGELENKT GENUG!
FÜR MICH IST ES GANZ EINFACH.
ICH WILL MIT NIEMANDEM SCHLAFEN, DER MICH NICHT LIEBT.
Atiii!
PLITSCH
HÄ?
KÖNNT IHR ES NOCH KOMPLIZIERTER MACHEN???

ICH VERSTEHE KEIN WORT, ABER GUT... PÄRCHEN-SPRACHE IST IMMER SEHR INDIVIDUELL!
Zum Fürchten!
...
ICH BESITZE SEIN HERZ.
ICH WEISS GENAU, WAS ES MIR SAGT.
Äh... Aha...
LIEBE IST NICHT EINFACH.
ES STIMMT WOHL:
seufz
Für uns alle hier sieht es ganz anders aus!
ATI, WOHER WILLST DU ÜBERHAUPT WISSEN, DASS RUBIO DICH NICHT LIEBT?
IHR HABT ALSO EURE HERZEN GETAUSCHT?
WAS SAGT DENN ATIS HERZ ZU DIR, RUBIO?
WIE?
ATIS...
... HERZ?
AAH!
AXEL! HALT ENDLICH DEN MUND!!!
KICK

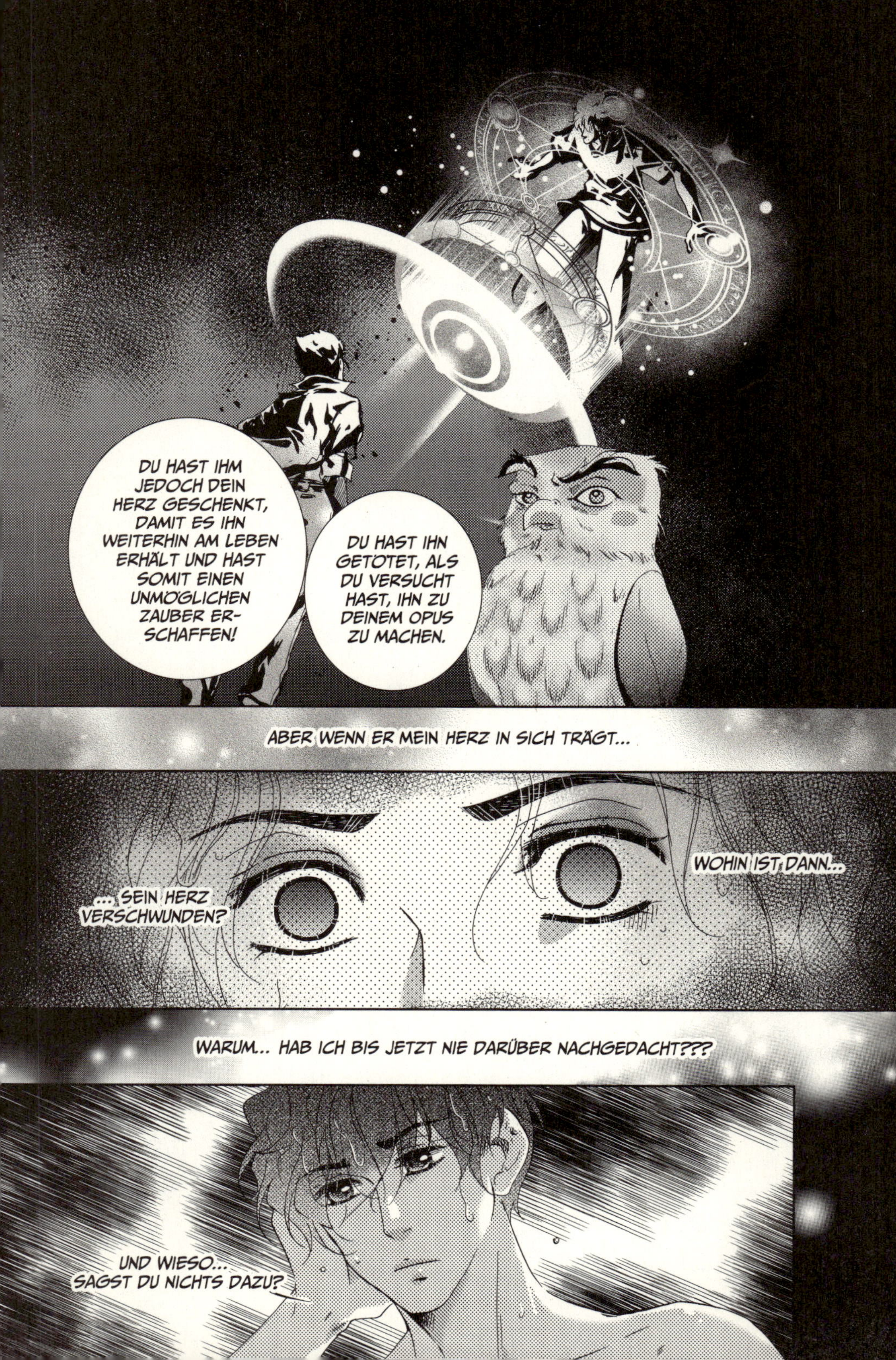
DU HAST IHM JEDOCH DEIN HERZ GESCHENKT, DAMIT ES IHN WEITERHIN AM LEBEN ERHÄLT UND HAST SOMIT EINEN UNMÖGLICHEN ZAUBER ER-SCHAFFEN!
DU HAST IHN GETÖTET, ALS DU VERSUCHT HAST, IHN ZU DEINEM OPUS ZU MACHEN.
ABER WENN ER MEIN HERZ IN SICH TRÄGT...
WOHIN IST DANN...
... SEIN HERZ VERSCHWUNDEN?
WARUM... HAB ICH BIS JETZT NIE DARÜBER NACHGEDACHT???
UND WIESO... SAGST DU NICHTS DAZU?

ATI! SAG ETWAS!!!
ICH...
... KANN SEINEN HERZSCHLAG...
... NICHT ERFASSEN!
DODOMM
ICH SPÜRE NUR MEIN HERZ, DAS IN IHM SCHLÄGT!
DODOMM
MIR WIRD... SCHLECHT...
DODOMM
HEISST DAS, ER IST DOCH...
... NUR NOCH EIN KÖRPER?
huff
...
DU...
DU WEISST ES, ODER?
DU WEISST, WO DEIN HERZ IST!!!

DODOMM
...
DODOMM
NATÜRLICH WEISST DU ES!
DU WEISST GANZ GENAU, WAS ICH DIR ANGETAN HABE!
?!
Was ist?
SAG ES MIR!
WAS IST MIT DEINEM HERZEN PASSIERT? WO IST ES?
...
ICH...
... HAB EINE BÖSE VORAHNUNG...
DODOMM
ATI!!! SAG ES MIR!!!
uh!
DOFF
VERFLUCHT! SAG ES MIR, ATI!!!
DODOMM

WIE SOLL ICH DENN JEMALS ETWAS ERREICHEN, ODER MEINE FEHLER GERADE BIEGEN, WENN ICH NUR DIE HÄLFTE DER WAHRHEIT KENNE?
huff
SAG MIR, WAS DU WEISST! WAS GENAU IST BEI DEM OPUS-ZAUBER PASSIERT? JEDES MAL, WENN ICH DENKE, ICH HAB DEN ZAUBER BEGRIFFEN, WIRD ALLES DURCH-EINANDER GEWORFEN!
huff
ATI! DAS IST KEIN SPASS!
DODOMM
BITTE! REDE MIT MIR! ICH KANN DIR NICHT HELFEN, WENN ICH NICHT WEISS, WAS GENAU PASSIERT IST!
MEINE ERINNERUNGEN SIND VÖLLIG DURCHEINANDER! MEINE EXISTENZ ERGIBT KEINEN SINN! UND JETZT AUCH NOCH DAS?
... WILL MEIN HERZ NICHT ZURÜCK HABEN.
ICH...
DODOMM
WEIL WIR SONST ALLES VERLIEREN, WAS WIR BISLANG ERREICHT HABEN.
Was?
WIE...
WIESO NICHT?
huff
WAS SAGST DU DA?
ES IST MIR GLEICH, WO ES IST. ICH WILL NICHT, DASS DU DANACH SUCHST.
DODOMM
AH... WAS... IST DAS?
huff
MEIN HERZ HÄLT DICH ZWAR AM LEBEN, ABER...
huff
WIESO ZUM TEUFEL... WÜRDEST DU AUF DEIN HERZ VERZICHTEN WOLLEN? DU... BIST NICHT ICH!

DODOMM
WANK
ICH KANN NICHT ATMEN...
MIR IST AUF EINMAL VOLL SCHWINDLIG...
DODOMM
ATI!
ES TUT MIR SO LEID!
ATI!!
BRRRZZZZZT
ES TUT SO WEH IN DER BRUST..!
AU!
WAS?... D-DAS TUT WEH!
DODOMM
!!
Autsch!
GLOW
WAS... PASSIERT MIT MIR?
WOHER... KOMMT DIESER SCHMERZ?

WIESO FÜHLE ICH MICH...
... ALS WÜRDE MICH MEIN EIGENES HERZ ABLEHNEN?
DODOMM
FÜR ALL DAS...
... WAS ICH DIR ANGETAN HABE?
DODOMM
GLOW
GLOW
RUBIO!
Hm?
ICH...
hach
WANK
... FÜHLE MICH SO UNENDLICH... SCHWACH...
SPLASH

RUBIO!
ah
HEY! WAS HAST DU?!
Rubio!
SEINE HAARE... WERDEN WEISS!
koff
koff
ATI...
MIR IST WIEDER VOLL KOMISCH...
Bin müde und so...
ER HAT SICH VON SELBST ZURÜCK VERWANDELT! ABER WIESO... IST ER SO SCHWACH UND BLASS? HAB ICH'S HEUTE... WIEDER ÜBERTRIEBEN?
UH!
RUBIO!
RUBIO!
WAS IST MIT IHM?
ER WAR DOCH VORHIN GANZ FIT!
plätscher
DU BIST SO KALT... WIE EIN FISCH!
VERDAMMT! WIESO NUR?
hach
hach
Ati...
ICH SAG DIR, WAS LOS IST!
SPLASH
!!
!!

ER STIRBT!
?!
!!
W-WAS?
WIESO... SOLLTE ICH STER-BEN?
hach
UND WIESO... GEHT ES WIEDER UM MICH? WIR MÜSSEN UNS DOCH JETZT... UM ATI SORGEN! NICHT UM MICH!
L-Leute! D-das ist ein... Dino!
Und er spricht!
Keiner rührt sich!
...
!!
ABER DAS...
... HAST DU AUCH SCHON LÄNGST GEAHNT... ODER?
Mensch?
WOVON... SPRICHST DU, REX?... IST ES NICHT DIE WEISSE MAGIE, DIE -
DICH TOTET?
huff

huff
huff
?!
GENAU SO IST ES!
ICH HAB DAS DIE GANZE ZEIT GEAHNT... ABER GEHOFFT, ICH WÜRDE MICH IRREN...
Das weißt du ja längst.
DENK ÜBER DIE GESETZE DER MAGIE NACH! DU HAST ATIS LEBEN MIT DEINEM OPUS-ZAUBER GENOMMEN, ERHÄLTST IHN ABER MIT DEINEM HERZEN LEBENDIG.
DIESER BUND TROTZT ABER DADURCH ALLEN REGELN DER WEISSEN MAGIE, DIE DAS LEBEN JA NUR AUF NATÜRLICHE WEISE ERLAUBT!
SCHWARZE MAGIE HINGEGEN BEFÜRWORTET ES, LEBEN ZU VERLÄNGERN... DU KONNTEST ALSO WOHL BISLANG DANK DER VERBINDUNG MIT DEINEM EIGENEN HERZEN WEITERHIN NORMAL FUNKTIONIEREN...
ABER DER ZAUBER SCHEINT NICHT MEHR ZU WIRKEN, SEIT DU DEN OPUS-ZAUBER AUFGELÖST UND DER SCHWARZEN MAGIE ABGEDANKT HAST.
...
A-BER...
... SOLLTE EIN UNMOGLICHER ZAUBER... NICHT STARK GENUG SEIN, UM - ?

UNMÖGLICHE ZAUBER GEHÖREN ZUR SCHWARZEN MAGIE, RUBIO... AUCH WENN NIEMAND WEISS, WIE GENAU SIE FUNKTIONIEREN...
ES WAR JA SCHON UNMÖGLICH, DASS DU EINEN MENSCHEN ZU DEINEM OPUS GEMACHT HAST.
DASS DIESER MENSCH DIR NUN DURCH EURE VERBINDUNG DEIN LEBEN NIMMT, IST WOHL EINE ART STRAFE FÜR DICH SEITENS DER MAGIE.
Es tut mir so leid!
...
ICH VERSTEHE GAR NICHTS MEHR...
HAB ICH ALSO DOCH ALLES UMSONST GETAN? KRIEGE ICH DENN ECHT... NICHTS RICHTIG HIN?
huff
!!
ATI!
WAS HAB ICH MIT DEINEM HERZEN ANGESTELLT? WENN DU ES WEISST... SAG ES MIR! BITTE!
DAS HERZ VON DEINEM MENSCHEN KANN EIGENTLICH NUR AN EINEM EINZIGEN ORT SEIN...
... DORT, WO ALLE WESEN ENDEN, AN DENEN SCHWARZE MAGIE AUSGEÜBT WURDE.
huff

Ati...
ABER DANN...
ICH NEHME RUBIO NACH HAUSE! ER MUSS SICH AUSRUHEN...
HUST
HUST
HUST
KEUCH
IHR FINDET DEN WEG ZURÜCK, ODER?
W-Warte!
ICH FÜRCHTE, REX HAT RECHT MIT DEM, WAS ER SAGT!
UND DES-WEGEN... MUSST DU... VERSUCHEN, MIT RUBIO ZU VER-SCHMELZEN!
EGAL AUF WELCHE ART!
SEINE ENERGIE... KANN NUR VON SEINEM EIGENEN HERZEN WIEDER AUFGEFÜLLT WERDEN!
Ati!
HUST
HUST
SWAAAAAA
H-HEY!
HAST DU MICH GEHÖRT?
AAAAH!
Wo sind sie hin???
D-da ist noch so eine komische Gestalt!
RAMSES... DU HAST NOCH PFAUEN-FEDER AM HINTERN!
AH!
Fängt's schon wieder an?
!!
GLOTZ ~
L-Leute! Nicht bewegen!
Ein T-Rex sieht euch nicht, wenn ihr still seid!
...
WER BEHAUPTET DENN SO WAS???
HIYAAAAAAH!!!!
GROWL!

G-glaubt ihr wirklich, dass die zu Rubio gehören?
Ich glaub, ich spinne!!!
Es würde mich nicht überraschen!
Wäh! Was-? Ich bin ja voll nass! Wann bin ich - ?
ICH BIN REX!
UND DAS IST RAMSES!
NEIN! NEIN!... 'TSCHULDIGUNG! ICH... WOLLTE EUCH NICHT ERSCHRE-CKEN!
AAH!
SCHRUMPF
Rennt um euer Leben!
WIR...
... SIND RUBIOS BRÜDER!
AH! Er ist geschrumpft!
ICH LIEBE MATHE!
!!!
I-ICH HOFFE, WIR WERDEN FREUNDE!... D-DARF ICH EURE MATHE-HAUSAUFGABEN MACHEN?
Äh... sicher, dass du mit Rubio verwandt bist? Der rennt vor Mathe immer weg!
Wen kümmert's? Jeder, der für uns Hausaufgaben machen kann, ist hier herzlich willkommen!
ACH, REX...
JUHUU!!
DENKT JA NICHT, ICH WÜRDE AUFGEBEN!
SO SCHNELL WERDET IHR MICH NICHT LOS!
tap

MICH MIT LIEBES-GEQUASEL BELEHREN ZU WOLLEN... DAS HABT IHR EUCH SO GEDACHT!
ZUM GLÜCK KONNTE ICH NUR BINNEN PAAR STUNDEN SO VIEL SCHWARZE UND NEGATIVE ENERGIE SAMMELN, DASS ICH PLATZE!
DIE SO-GENANNTEN „GUTEN ABSICHTEN" SIND GENAU DER GRUND, WIESO DIE WEISSE MAGIE IN DIESER WELT AUSGE-STORBEN IST!
WIR HÄTTEN VON ANFANG AN IN KRIEGS-GEBIETEN UND ARMENVIERTELN DIESER WELT SUCHEN SOLLEN... UND NICHT HIER, WO FAST JEDER ZUFRIEDEN IST!
ABER DIESER MENSCH MUSSTE DAS TOR ZUR DÄMONENWELT AUSGERECHNET IN DIESER FRÖHLICH GESTIMMTEN STADT ÖFFNEN!!!
IST DAS TOR ZU EINER ANDEREN WELT EINMAL AUF EINEN BESTIMMTEN ORT FESTGELEGT, KANN DAS TOR NUR AUF DER EINEN STELLE GEÖFFNET WERDEN!
UND DAS IST HIER, AUF DEM HOF DIESER... SCHULE!
ALLERDINGS HAB ICH JETZT GENUG KRAFT, UM DIE GANZE STADT MIT SCHWARZER ENERGIE ZU FÜLLEN!
UND DIESMAL WERDEN MIR DIE ZWEI TURTELTAUBEN NICHT IN DIE QUERE KOMMEN!
FÜR DICH, UR-OPA!
BIS SIE WIEDER DA SIND, WIRD ES BEREITS ZU SPÄT SEIN!
qualm
WUUUU
ZWUUUUUUUU

Und wieso sieht es so blöd aus?
ER HAT WIRKLICH EIN ROSA EINHORN HER-GEZAUBERT?!
DAPP
pff
WANN HAT ER DAS NUR GESCHAFFT?!
AAAH!
WAS - ?
Dann ist all das hier... Zucker-watte?
HUKK
MIST! ES STREUT ÜBERALL ZUCKER UND WEISSE ENERGIE HERUM!
har har
KCHE
KCHE
PUPS!
wieher!
DAS HEISST DANN WOHL...
ICH MUSS ZUERST DIESES VIEH AUSLÖSCHEN, BEVOR ICH WEITER MACHEN KANN!
tänzel
TRAB

...
ODER..?
HUST
KOFF
KLIRR
KOFF
ICH SAGTE, TRINK DAS!
Das bringt doch nichts...
LASS MICH IN RUHE!
TRINK DAS.
DAS WÄRMT DICH EIN WENIG.
H-HÖR ENDLICH AUF, DICH UM MICH ZU SORGEN! ICH HAB DICH GETÖTET!
ICH HAB DIR DEIN HERZ AUS DER BRUST GERISSEN UND DICH FÜR ALLE ZEITEN VERDAMMT! WIE KANNST DU NACH ALL DEM SO NETT ZU MIR SEIN???
HUST
HUST
HAB AUS DIR MEINEN DIENER GEMACHT! ICH HAB DICH AUSGENUTZT!
HUST
...

DEIN HERZ...
... IST IM DÄMONENREICH...
ZITTER
KEUCH
...
UND DU WEISST ES! SCHEISSE! WIE KANNST DU ALLES WISSEN, WAS BEI DIESEM VERFLUCHTEN ZAUBER PASSIERT IST?
WIE KANN JEMAND WIE ICH MIT EINEM EINZIGEN ZAUBER SOVIEL MIST AUF EINMAL VERBOCKT HABEN?!
ALLES, WAS AUF DER WELT PASSIERT, SOLL WOHL SO SEIN...
VERSUCH NICHT, WIE DAS BESCHEUERTE AUGE ZU LABERN! DAMIT HILFST DU MIR NICHT!
!!
HNTTF!
ICH... KANN DIR ABER NUR DAS MITTEILEN, WAS DAS AUGE ZU MIR GESAGT HAT...
TRINK DAS UND ICH ERZÄHLE DIR ALLES.
SCHNAPP!
GLÜ
GLÜ
Aaargh! Heiß!!
KEUCH
KEUCH
ALSO!

WAS IST DAS?
RUBIO! WAS MACHST DU?
AH, DAS BLEN-DET!
...
W-WAS IST DAS HIER?
ICH SEHE NICHTS...
BIN ICH... TOT?
WAAH!
EIN... AUGE? UND ES SPRICHT ZU MIR!!!
Was?
JA, BIST DU, MENSCH!
RUBIO HAT DICH SOEBEN UMGE-BRACHT.
UNGE-WOLLT, ABER DENNOCH.
ABER... WIE?
MIT MAGIE NATÜRLICH.
ER IST ALSO... DOCH EIN MAGIER?
JA.

ICH... KANN DIR ABER NOCH EINE ZWEITE CHANCE GEBEN!
?!
Sag das doch gleich! Was bist du überhaupt?
UMM... DAS... IST ECHT UNGÜNSTIG...
OH MANN! ICH KOMM JETZT ALSO GAR NICHT MEHR DAZU, IHM ZU SAGEN, WIE SEHR ICH IHN MAG?
Wie gemein ist das denn?!
NEIN. DEIN MENSCHLICHES LEBEN IST VORBEI.
...
DAS IST... KEIN TRAUM?
Ich spüre meinen Puls nicht.
ALLERDINGS IST ER AUFGRUND EINES HINDERNISSES NICHT IN DER LAGE DAZU, IHN EINZUHALTEN... UND DAS WIRD IHN FRÜHER ODER SPÄTER DAS LEBEN KOSTEN.
!!
ICH BIN DAS AUGE DES SALOMO. DAS MÄCHTIGSTE ARTEFAKT DER SCHWARZEN MAGIE, DAS ES GIBT.
ICH HABE MIT RUBIO EINEN PAKT GESCHLOSSEN.
DAS IST RUBIOS HERZ.
?
Wie?
ER VERSUCHT JEDOCH, DIR SEIN EIGENES HERZ EINZUPFLANZEN, UM DICH NICHT ZU VERLIEREN.
RUBIOS UNTERBEWUSSTSEIN HAT VERSTANDEN, DASS ER DICH MIT SEINEM ZAUBER GETÖTET HAT.
GLOW
UUH!

ABER WIESO... SOLLTE ER SOWAS... FÜR MICH TUN?
ICH DACHTE... ER MAG MICH NICHT...
IM GEGENTEIL. SCHAU NACH UNTEN.
Ati!
Das bin ja ich!
ATI!
HORST DU MICH? ATI!
WAS HAB ICH GETAN? WAS HAB ICH NUR GETAN?
ATI!!!
WILLST DU ES ANNEHMEN?
ES IST NICHT LEICHT, MIT EINEM FREMDEN HERZEN ZU LEBEN...

ES SIEHT SO KLEIN... UND ZERBRECHLICH AUS.
Ich hab Angst, es zu berühren...
TAP
WAS...
... SOLL ICH DAMIT MACHEN?
ABER SO KANNST DU VOR DEINEM ENDGÜLTIGEN ABLEBEN NOCH ETWAS NÜTZLICHES MACHEN...
VIELLEICHT SOGAR... RUBIO VOR EINEM DUNKLEN ENDE BEWAHREN.
STRAHL
BRINGE IHM BEI, ES ENDLICH ZU BENUTZEN.
WIE GENAU...
... KANN ICH HELFEN?
Mit seinem Herzen..?

WAS GESCHEHEN IST, IST GESCHEHEN! DIE ERKENNTNIS TAT SCHON WEH, ABER WIE DAS AUGE SAGTE - ICH BEKAM WENIGSTENS NOCH EINE ZWEITE CHANCE, UM ETWAS ZEIT MIT DIR ZU VERBRINGEN.
OBWOHL DU GEWUSST HAST, WAS ICH... GETAN HABE? DASS ICH DICH... GETÖTET HABE?!
WAS... ERZÄHLST DU MIR DA?
DU HAST DICH AUF DAS ALLES VON DIR SELBST AUS EINGE-LASSEN?
huff
huff
UND ES IST DOCH EINE SCHÖNE AUFGABE.
DICH ZU LIEBEN.
AUFGABE..?
JEMAND ANDERES WÜRDE ES SICHER BESSER HINBEKOM-MEN... ABER... LEIDER?... HAST DU NUNMAL MICH AUS-GEWÄHLT, ALSO MUSST DU DICH MIT MIR RUMPLAGEN, OB DU WILLST ODER NICHT.
ICH BIN EIGENTLICH ZIEMLICH SCHLECHT DARIN, GE-FÜHLE ZU VER-MITTELN...
ABER ZUM GLÜCK HAT DEIN HERZ MICH GEFÜHRT UND MIR IMMER MITGETEILT, WAS FÜR SACHEN DU DIR VON MIR INSGEHEIM GEWÜNSCHT HAST... UND SO HAB ICH EBEN VERSUCHT, ALL DEINE WÜNSCHE SO GUT ICH KONNTE, ZU ERFÜLLEN...
FÜR MICH SELBST IST ES EIN SEGEN... VON ALLEIN HÄTTE ICH MICH NÄMLICH SICHER NIE GETRAUT, EINE BEZIEHUNG MIT DIR ZU FÜHREN... AUS ANGST, IN ALLEN PUNKTEN ZU VERSAGEN...

AUSSER MEINEN KATZEN HAB ICH NOCH NIE JEMANDEN GELIEBT... ICH HAB ÜBERHAUPT KEINE ERFAHRUNG DAMIT...
VIELLEICHT WAR ICH AUCH DESWEGEN IN VIELERLEI HINSICHT ZU SCHNELL...
ZU AUF-DRINGLICH... ZU NERVIG...
ZU... VIEL..
Entschuldige, bitte.
SO... IST ALSO?
DU HAST ALLES NUR GETAN, WEIL DU ES ALS AUFGABE BEKOMMEN HAST?
WIE? NEIN - !
DANN WAR DAS ALLES DOCH NUR EIN ZAUBER! DU MAGST MICH NICHT WIRKLICH!
NEIN! BITTE, DICHTE DIR JETZT KEINEN UNSINN DAZU! DAS WAR... DAS IST ALLES ECHT! ICH -
LÜG NICHT! DAS AUGE HAT BEFOHLEN, DASS DU DICH UM MICH KÜMMERST! JETZT MACHT DAS ALLES SINN!
RUBIO! ICH HAB DAS NIE ALS EINEN BEFEHL AUFGENOMMEN! SONDERN EINZIG UND ALLEIN ALS MÖGLICHKEIT, MIT DIR ZU SEIN... UND DIR ZU ZEIGEN, WIE SEHR ICH DICH MAG!
OHNE MICH WEITER ZUM AFFEN ZU MACHEN, WIE BIS DAHIN!
LIEBE AUF BE-STELLUNG! DIENST-LEISTUNG! NENN ES WIE DU WILLST!
HAST DU MICH AUS MITLEID SO BEHANDELT? ODER AUS DANKBARKEIT, WEIL ICH DICH AM ENDE NICHT STERBEN LIESS?
WIESO... MACHT MICH DAS SO TRAURIG?
DU HÖRST NICHT ZU!
DAS AUGE ZEIGTE MIR LEDIGLICH, DASS DU MICH NICHT GEHASST HAST, WIE ICH BEFÜRCHTET HATTE! ICH WÜRDE MICH DIR NIEMALS AUFZWINGEN, WENN ES SO WÄRE!
LASS MICH! JETZT HASSE ICH DICH!
VON ANFANG AN QUÄLST DU MICH MIT DEINEM LIEBESGEFASEL, BEHAUPTEST, IN MICH VERLIEBT ZU SEIN UND IGNORIERST ALL MEINE VERSUCHE, DIR ZU SAGEN, WIE SEHR DU DICH IRRST! IMMER UND IMMER WIEDER!
UND DANN FANGE ICH ENDLICH AN, DIR ZU GLAUBEN UND VERGEHE VOR VORWÜRFEN UND SORGEN UM DICH... UND DANN SIND DEINE GEFÜHLE NICHT MAL ECHT!

SIE KÖNNEN NICHT ECHT SEIN!
DU STEHST DOCH OHNE DEIN HERZ DA!
BRRRZZZZZT
AU!
SCHMERZ
AUTSCH!
RUBIO! WAS... MACHST DU?!
Wieder!
AAH!
DIESER SCHMERZ SCHON WIEDER! DAS WIRD JA VON MAL ZU MAL SCHLIMMER!
WAS IST DAS NUR?
WIESO FÜHLEN WIR ES BEIDE?!
Ru-bio! Hör... auf damit!
KOMMT DAS ETWA... VON MEINEM HERZEN?
Lass doch los!
Das hättest du gern!
LASS LOS, DU BLÖDMANN!... LASS LOS!

NEIN...
LASS NICHT LOS!
DIESER SCHMERZ... IST DER GLEICHE, DEN ICH IMMER IN DEINEN AUGEN SEHE..!
EINE SEHNSUCHT... NACH ETWAS, WAS ICH NIE GANZ VERSTANDEN HABE...
ALS WÜRDE MEIN HERZ WEINEN...
ALS WÜRDE ES SICH ETWAS UNMÖGLICHES WÜNSCHEN...
ETWAS... ECHTES...
DICH...
ICH WILL, DASS ALLES, WAS BISLANG PASSIERT IST, ECHT IST!... ICH WILL, DASS DEINE GEFÜHLE ECHT SIND!
ICH WILL...
... DASS DU MICH LIEBST!

BEI AZAEL...
ICH STEHLE DIR DEIN HERZ UND LASSE ES IM REICH DER DÄMONEN VERROTTEN... UND WILL, DASS DU MICH DAFÜR AUCH NOCH MAGST?
ICH KLINGE SO PATHETISCH...
UND WAS GENAU WERFE ICH DIR VOR?
DU HAST FÜR MICH AUF DEINE FREIHEIT VERZICHTET... HAST DIE WELT DER MAGIE AUF DEN KOPF GESTELLT...
... BIST ZUM DÄMONEN GEWORDEN...
... UND WARST SOGAR BEREIT, ZU STERBEN, UM MIR EINEN UNMÖGLICHEN ZAUBER ZU ERMÖGLICHEN!
WAS HAB ICH DENN JE GETAN, UM DEINE GEFÜHLE ZU VERDIENEN?
AUSSER SIE MIT FÜSSEN ZU ZERTRETEN UND ZU IGNORIEREN, DAMIT ICH MICH UM MEINE EIGENEN ECHTEN PROBLEME KÜMMERN KONNTE..?
HÖR ENDLICH AUF, DIR ETWAS EINZUREDEN! WIR LIEBEN UNS NICHT!
ICH LIEBE DICH NICHT UND DU LIEBST MICH NICHT! ES IST NICHT ECHT! ES IST NUR MAGIE!!!
DABEI BIST DU DOCH DAS EINZIG ECHTE IN MEINEM LEBEN!
OHNE DICH HABE ICH NICHTS MEHR...
DU BIST IMMER DIE ANTWORT AUF MEINE FRAGEN... UND LÖSUNG MEINER PROBLEME...
DU ALLEIN HAST MIR GEHOLFEN, MIT DEM GANZEN MIST UM MICH HERUM FERTIG ZU WERDEN...

UND ICH WILL DAS GLEICHE FÜR DICH SEIN!
ICH VERSTEHE NICHTS DAVON, ABER ICH WERDE ES ÄNDERN...
ICH WERDE ES ZU MEINER AUFGABE MACHEN...
... UM ALLES WIEDER GUT ZU MACHEN...

ICH...
... BIN SO GLÜCKLICH, DASS DU DAS DENKST!
AAAH! MIST! ER WEISS DOCH GENAU, WAS IN MIR VORGEHT!
WAS HAB ICH DA FÜR PEINLICHES ZEUG VERZAPFT?
ABER DU MUSST MIR GLAUBEN. MEINE GEFÜHLE FÜR DICH SIND WIRKLICH ECHT. SIND ES IMMER GEWESEN.
STREICHEL
VERGISS NICHT... DEIN OPUS-ZAUBER AN MIR WÄRE NIE-MALS GELUNGEN, WENN ICH DICH VORHER SCHON NICHT SO SEHR GEMOCHT HÄTTE...
DU HAST MICH LANGE DAVOR VERZAUBERT. MIT DEM STÄRKSTEN ALLER ZAUBER.
ABER...
Dein Herz...
RUBIO! WIR MENSCHEN HABEN UM DIE 650 MUS-KELN IM KÖRPER.
DAS HERZ IST NUR EINES DAVON.
ICH HAB IMMER NOCH 649 ANDERE MUSKELN, MIT DENEN ICH DICH LIEBEN KANN.

Da denkt der Kerl endlich über Sachen nach, die ich von ihm hören will, lässt aber nichts weiter raus, als dass ich doof oder blöd bin! Schnüüü! ~ Auf der Welt gibt es 7 Milliarden Menschen und ich verliebe mich ausgerechnet in einen schwarzen Magier, der nicht weiß, wie er mit meinen zarten Gefühlen umgehen soll! Das schmerzt so sehr! Au! Böser, böser schwarzer Magier! Uffu! Ach ja... Liebe ist eine einzige große Herausforderung!
Hö?
AAH!
DU BIST DOCH MEINE GRÖSSTE SORGE! BLÖDER ATI!
HEUL
DU HAST GENUG ANDERE SORGEN.
ICH WEISS... ICH HÄTTE DIR ALLES LÄNGST SAGEN MÜSSEN...
... ABER ICH WOLLTE NICHT, DASS DU DIR VORWÜRFE MACHST.
Du bist doof!
Wieso?! Ich liebe an dir doch auch andere Sachen und nicht nur dein Herz!
Hm...
?
VOR ALLEM, WENN SIE UNMÖGLICHES VERSPRECHEN.
ABER ICH LIEBE NUNMAL HERAUS-FORDERUN-GEN.
TONK
B-HA!
AHAHAHAHA!
HAHAHA!
AHAHAHAHA!
ICH BIN SO DUMM!
...
HAHA!
HAHAHA!
MIAU?
Äh...
D-DAS MIT DEM UNIVER-SUM WAR ZU VIEL, ODER?... UND DU DACH-TEST, DU WARST PEIN-LICH?
Hiermit fordere ich dich offiziell zu einem Liebesduell heraus! Dann lernst du auch meine wahre Qualität kennen! Du sagst, ohne mein Herz läuft nix? Dir werd ich's schon zeigen! Mit unserer Liebe werden wir die Welt retten! Deine UND meine! Und danach stellen wir uns den Gefahren des weiten Universums!
Wo guckst du hin? Ich bin hier
HA!
HA!
HA!

NIE IM LEBEN VERROTTET SEIN HERZ IM DÄMONEN-REICH!
NICHTS UND NIEMAND KONNTE DIESEN KERL JE BEZWINGEN!
UND SCHON GAR NICHT BÄNDIGEN!
?
PFAHAHAHA!
Ich wette, sein Herz hat längst das ganze Reich übernommen und eine absolutistische Diktatur errichtet!
Alles hört auf mein Kommando!
KSCHA!
KSCHA!
JAWOHL, HERR!
DÄMONENSCHAR
So siehst du mich also?
Hey!
ICH BIN FROH, DASS ES DIR WIEDER BESSER GEHT.
Deine Haare sind auch wieder normal.
BEI MAGIE GEHT ES UM VERTRAUEN IN DIE EIGENEN FÄHIGKEITEN... VERTRAUEN IN SICH SELBST.
ABER ICH VERTRAUE DIR.
WENN DU SAGST, DASS DEINE GEFÜHLE ECHT SIND, DANN WILL ICH DIR GLAUBEN.
UND WENN DAS SO IST... DANN IST ES DOCH NICHT UNMÖGLICH...
OPA WÜRDE MICH LÄNGST ZU GRUND UND BODEN SCHIMPFEN, WENN ER MITKRIEGEN WÜRDE, WIE VIEL MIR DIESER MENSCH BEDEUTET.
Aber der von Ati hat schon lange keine bissigen Bemerkungen mehr rausgehauen. Wieso wohl?

DU BIST UND BLEIBST VIEL STÄRKER ALS ICH. ALSO BIST DU AUCH STÄRKER ALS MEIN ZAUBER.
WIESO IST DER GEDANKE AUF EINMAL SO BERUHIGEND?
NIEMAND KONNTE DICH JEMALS DAZU ZWINGEN, DICH IN MICH ZU VERLIEBEN, WENN DU SELBST ES NICHT WOLLEN WÜRDEST...
DU HAST DOCH SCHON IMMER NUR DAS GETAN, WAS DU WOLLTEST. SELBST DER MAGIE HAST DU JEDES MAL VOLL INS GESICHT GELACHT...
GIB MIR ETWAS VON DEINER KRAFT... WIE JEDES MAL, WENN ICH SIE BRAUCHE...
... DAMIT AUCH ICH STARK FÜR DICH SEIN KANN...
... DAMIT ICH DEINE SEHNSUCHT STILLEN KANN.

UND VIELLEICHT KÖNNEN WIR WIRKLICH... UNMÖGLICHES MÖGLICH MACHEN...
ZUSAMMEN...

OHA! DU WURDEST ALSO ALS EIN T-REX GEBOREN?
JA.
DU BIST NICHT VER-WANDELT?
NEIN.
DAS IST SO KRASS! WIE IST DAS MÖGLICH?
HAHA!
Hey! Ich will auch reiten!
STAMPF
W-? Ein... Dino?
STAMPF
BIN ABER NOCH GUT DRAN. MEINE COUSINE RASTA IST EIN REGEN-WURM GE-WORDEN.
LOL!
STAMPF
Wo?
Oho! Wart ihr auch alle in Slytherin?
WIR SIND MIT-GLIEDER EINER DER ÄLTESTEN UND STÄRKSTEN FAMILIEN VON SCHWARZEN MAGIERN... ALSO IN UNSERER WELT... MEIN UR-OPA NOSTRIUS SAGTE EINST ZU MIR, DASS ICH EIN DRACHE HÄTTE WERDEN SOLLEN... ABER IRGENDWAS HAT NICHT GEKLAPPT.
STAMPF
SCHON VOR UNSERER GENERA-TION GING SO EINIGES MÄCHTIG SCHIEF BEI UNS. ICH ERINNERE MICH AUCH, DASS UR-OMA BEI DEINER GEBURT SEHR SAUER WAR UND VATER ANGEMAHNT HATTE, SCHWARZE MAGIE NICHT MEHR SO EXZESSIV ZU GEBRAUCHEN.
STAMPF
SIE DROHTE SOGAR DAMIT, DAFÜR ZU SOR-GEN, DASS WEI-TERE NACHKOM-MEN UNSERES KLANS SCHWAR-ZE MAGIE NICHT MEHR AUSÜBEN KÖNNEN.
!!
UND DANN...
... IST SIE AUF EINE MERKWÜRDIGE WEISE GESTOR-BEN... KÖNNTE ES SEIN, DASS SIE DIESEN ZAUBER... IHRE DROHUNG...
... AUF RUBIO ÜBER-TRAGEN LIESS?
Obwohl er da noch nicht geboren war...

OPA NOSTRIUS MUSS DAVON WOHL... GEWUSST HABEN!
ER HAT RUBIO SOFORT NACH SEINER GEBURT IN SEINE OBHUT GENOMMEN... NICHT UM IHN AUSZUBILDEN...
... SONDERN UM DIESE TATSACHE VOR ALLEN ZU VERTUSCHEN!
ABER... IST SO EIN ZAUBER NICHT NUR MIT WEISSER MAGIE MACHBAR?
DAS WÜRDE BEDEUTEN, DASS UR-OMA STARB, WEIL SIE WEISSE MAGIE BENUTZT HATTE. DAS IST JA IN UNSERER WEL'T DURCH EIN MAGISCHES GESETZ VERBOTEN...
IHR ZAUBER MUSS WOHL BEWIRKEN, DASS RUBIO SCHWARZE MAGIE NICHT BENUTZEN KANN, UM JEMANDEM ZU SCHADEN... DAMIT ER SELBST VON DER DUNKLEN MAGIE DER MAGIE NICHT BEHERRSCHT WERDEN KANN... WARTE... ICH ERINNERE MICH GERADE...
ALS RUBIO KLEIN WAR, VERSUCHTEN WIR ALLERLEI SCHWARZE ZAUBER AN IHM, ABER ALLE SIND AN IHM ABGEPRALLT. UND OPA WAR WÜTEND, ALS ER DAS MITBEKOMMEN HAT, OBWOHL ER UNS GENAU DAS GELEHRT HATTE.
Sei ein Frosch!
Was macht ihr da???
OPA NOSTRIUS MUSS UNS DANACH DIE ERINNERUNGEN MODIFIZIERT HABEN, DAMIT WIR ES NIEMANDEM VERRATEN.
HM... UND MEINST DU, DASS RUBIO FÜR IMMER SO BLEIBT? ICH MEINE... RESISTENT GEGEN SCHWARZE MAGIE..
REX! ICH HAB MICH GEIRRT! WIR MÜSSEN IHN VON DIESEM MENSCHEN FERNHALTEN!
Wir müssen sofort zu ihm!
KNIRSCH
NUR SOLANGE ER SICH NICHT...
... EINER NOCH STÄRKEREN MACHT HINGIBT...
DA SEID IHR ENDLICH!
OH! BASH! HI!
Sorry! Wir haben uns einen Tag freigenommen!
Wir holen die Klausur morgen nach, ja?

DIESMAL KOMMT IHR NICHT SO LEICHT DAVON!
Schwuchteln!
Schulschwänzer!
ICH HAB GENUG VON EUCH, NERVIGEN SCHMAROTZERN!
Das hättet ihr gern!
WAAH! DIE GANZE SCHULE?! WAS IST MIT DENEN?
KLOPP
DIESE SCHWARZEN WOLKEN SIND WOHL DER GRUND! ABER WER-?
SIE SCHEINEN IM BANN DER SCHWARZEN MAGIE ZU STECKEN.
WIEHER
Was?
RUFUS?!

ATI?
...
HM?
ICH...
...GLAUBE DIR.
HUH?
W-WIRKLICH? W-WEHE DU VERGISST ES GLEICH!
Das will ich dir auch geraten haben!!!
Jawohl!
ICH HAB VORHIN ETWAS ÜBERREAGIERT. HEUTE WAREN ES ZU VIELE SCHLECHTE NACHRICHTEN AUF EINMAL...
ZUMAL DU JA MEIN HERZ IN DIR HAST UND EIGENTLICH NUR MEINE EIGENEN GEFÜHLE WAHRNEHMEN DÜRFTEST.
...
ABER ICH HABE SOEBEN... DEINE WAHREN GEFÜHLE GESPÜRT. ICH WERDE ALSO NICHT AN DEINEN WORTEN ZWEIFELN.
WENN ICH DEINE RICHTIGEN GEFÜHLE ERFASSEN KANN, DANN BEDEUTET DAS...
... DASS DEIN HERZ... NOCH AM LEBEN IST.
...
HIHI!
WARUM... GRINST DU SO?

ICH WERDE ES FÜR DICH AUS DER DÄMONENWELT BEFREIEN.
ICH SAGTE DOCH, ICH WILL ES NICHT ZURÜCK!
?
WIEWIESO NICHT?
WEIL ICH NICHT WILL, DASS DU IN DAS REICH GEHST!
NICHT FÜR MICH! NICHT FÜR DEINE FAMILIE!... FÜR NIEMANDEN! ICH WILL, DASS DU HIER, IN SICHERHEIT BIST!
ES IST VIEL ZU GEFÄHRLICH! UND DU HAST DICH SOWIESO DAGEGEN ENTSCHIEDEN!
Du kannst da nicht hin!
...
ATI...
NACH ALLEM, WAS PASSIERT IST... IST ES DAS MINDESTE, WAS ICH FÜR DICH TUN KANN.
DU HAST ABER GESAGT, DU TAUSCHST DICH GEGEN NICHTS UND NIEMANDEN EIN, ALS DU DICH FÜR DIE WEISSE MAGIE ENTSCHIEDEN HAST!
WERDE ICH AUCH NICHT.
ABER ICH HAB MITTLERWEILE VIEL ZU VIEL WERTVOLLES AN DIE DÄMONEN VERLOREN.
ICH HABE NICHT VOR, IHNEN AUCH NUR EINEN VOR EUCH ZU ÜBERLASSEN.
Doch zuerst...
DEN SCHLÜSSEL, BITTE.

WIE KANNST DU AUCH NUR FÜR EINE SE-KUNDE GLAUBEN, ICH WÜRDE SO ETWAS WERTVOLLES JEMALS AUS DER HAND GEBEN?
WUUUUUU
BRUTZEL
ICH WETTE, DU HAST IHN VERLOREN! UND NUN HAST DU ANGST, ES MIR INS GE-SICHT ZU SAGEN.
PATSCH!
WECHSLE NICHT DAS THEMA!
Aah! Du willst immer noch nicht? Das ist ja seltsam!
Bist du so geil, oder was?
Aua!
SCHWUPP!
HA!
Rein-gefallen!
HEY!
GIB DAS ZU-
LIEBE MACHT DOOF.
OH!
ZWOSH
TUT MIR LEID.
Was?
RU...
...BIO..
DU WOLLTEST ES JA WISSEN... UND ICH KANN ES SELBST NICHT MEHR LÄNGER HINAUS-ZÖGERN.

BLINK
WEISST DU NOCH, WIE ICH DIR SAGTE, DASS DU DEN GÜRTEL NICHT FINDEN WÜRDEST?
ER KANN NÄMLICH NUR GEÖFFNET WERDEN, WENN *ICH* SELBER ES WILL.
UND DU HAST SOWIESO AN DER FALSCHEN STELLE GESUCHT.
ES STIMMT, DASS DIE KEUSCHHEITSGÜRTEL VON DEN MAGIERN DAZU BENUTZT WURDEN, IHRE KÖRPERLICHEN TRIEBE ZU UNTERDRÜCKEN, DAMIT SIE SICH VOLL UND GANZ AUF DIE MAGIE KONZENTRIEREN KONNTEN.
BLINK
BLINK
WAS?
ABER ICH..
.. HABE MIR DEN GÜRTEL UM MEIN HERZ GESCHNALLT.
rauszieh

ABER... WIESO DAS?
GLOW
DAMIT ES MICH DARAN HINDERT, TIEFE GEWÜHLE FÜR JEMANDEN ZU ENTWICKELN.
ICH...
... TRAGE IHN SEIT DEM JAHR, IN DEM ICH GREMOR GETÖTET HABE.
DER SCHMERZ ÜBER SEINEN VERLUST, DEN ICH DAMALS GESPÜRT HABE, WAR EINFACH ZU STARK... ZU VIEL FÜR MICH.
UND ICH WOLLTE NIE WIEDER SO ETWAS EMPFINDEN MÜSSEN.
Ich habe ihn viel zu sehr gemocht.
ICH WOLLTE NIE WIEDER JEMANDEN SO SEHR... ODER MEHR... LIEBEN... IHN VERLIEREN UND VERMISSEN... DESWEGEN HABE ICH ALLE GEFÜHLE, DIE IN DIESE RICHTUNG GEHEN WÜRDEN, WEGGESPERRT.
DAS, WAS MIT MEINER UR-OMA... ICH MEINE... UR-OPA... AUF MEINER GEBURTSTAGSFEIER GESCHEHEN IST, HAT MIR DEN REST GEGEBEN.
ICH SUCHTE DANACH ZUFLUCHT UND HILFE BEI DEM SCHEM. ER WOLLTE, DASS ICH DEN GÜRTEL ABLEGE, ABER ICH KONNTE ES NICHT.
ICH SCHÄTZE, DAS SOLL AUCH DAS HINDERNIS SEIN, VON DEM DAS AUGE GESPROCHEN HAT.
ICH KANN MAGIE NICHT IN MEINEM HERZEN TRAGEN, WENN ES VERSIEGELT IST.
ICH...
... HABE MIR GESCHWOREN... DEN GÜRTEL FÜR NIEMANDEN ZU ÖFFNEN.
...
WENN DAS SO IST, DANN SOLLTEST DU ES SEIN LAS-
DU BIST ABER KEIN NIEMAND!

FÜR DICH WILL ICH IHN ÖFFNEN.
UND AUSSER-DEM...
... KANN ICH SO NICHT MEHR WEITER MACHEN... ICH MUSS MICH VERÄNDERN. ICH KANN NICHT MEHR JEMAND SEIN, DER ANDERE STÄNDIG NUR VERLETZT!
WAS?
DENKST DU ETWA, ICH WÜRDE ETWAS FÜR MEINE GEFÜHLE VER-LANGEN? LIEBE IST DOCH KEIN TAUSCH-GESCHÄFT!
ICH SAGTE DIR BEREITS AUCH, DASS ICH NUR WILL, DASS DU MICH AKZEPTIERST!
ES IST JETZT ABER AN DER ZEIT, DAS ZU TUN, WAS ICH WILL!
RUBIO...
... DU KANNST DOCH NICHT WISSEN, OB DU MICH LIEBEN KANNST, SELBST WENN DU DEIN HERZ ÖFFNEN WÜRDEST, ODER? WENN DU ES UMSONST TUST, WIRST DU ES WO-MÖGLICH NOCH BEREUEN!
ES GIBT NUR EINS, WAS ICH BEREUE UND ZWAR DASS ICH DICH IN DIE GANZE SACHE MIT REINGEZOGEN HABE. DAS KANN ICH, WIE DU SAGTEST, NICHT ÄNDERN. DAS HIER SCHON.
JA... ICH HAB ANGST. ANGST, DASS SOBALD ICH ANFANGE, DICH ZU LIEBEN, DIR ETWAS PASSIEREN WIRD, WIE JEDEM, DER MIR ETWAS BEDEUTET HAT. DESWEGEN HABE ICH DIR DAS MIT DEM GÜRTEL BIS JETZT NICHT VERRATEN.
UND JA... ICH HAB ANGST DAVOR, WAS DIE LIEBE AUS MIR MACHEN KÖNNTE. DASS ICH MICH NICHT MEHR WIEDER ERKENNE...
ABER ICH WEISS GANZ GENAU... WENN ICH MICH VER-LIERE... DANN WIRST DU DER-JENIGE SEIN, DER MICH WIEDER FINDET.
JEDER WILL VON MIR, DASS ICH MEIN HERZ DER MAGIE SCHENKE... ABER DAS GEHT NICHT.
ES IST LÄNGST DEINS.
Samt allen Gefühlen, die darin verschlossen sind.

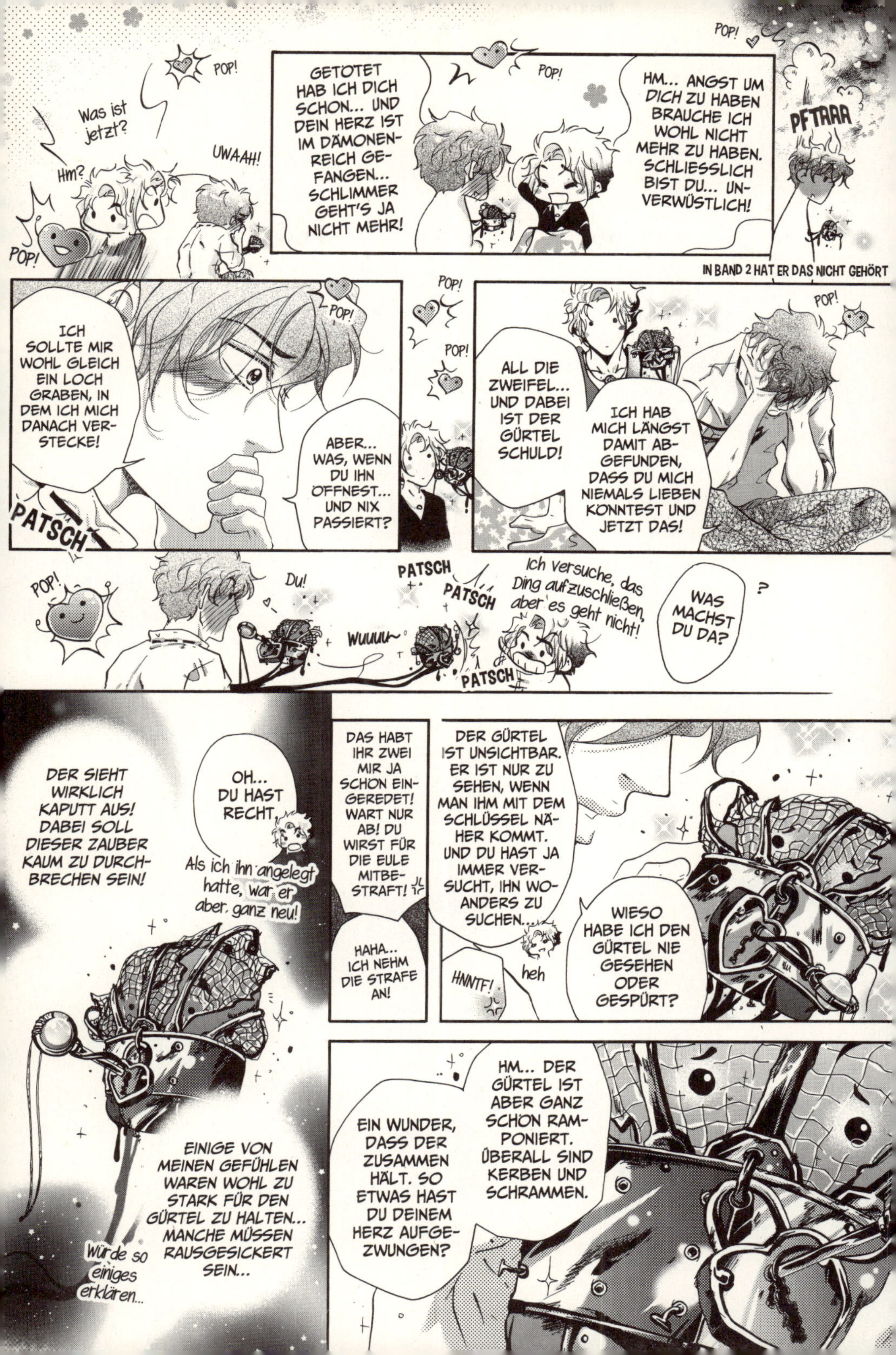

PFTRAA
HM... ANGST UM DICH ZU HABEN BRAUCHE ICH WOHL NICHT MEHR ZU HABEN. SCHLIESSLICH BIST DU... UNVERWÜSTLICH!
POP!
GETÖTET HAB ICH DICH SCHON... UND DEIN HERZ IST IM DÄMONENREICH GEFANGEN... SCHLIMMER GEHT'S JA NICHT MEHR!
IN BAND 2 HAT ER DAS NICHT GEHÖRT
POP!
Was ist jetzt?
UWAAH!
Hm?
POP!
POP!
ALL DIE ZWEIFEL... UND DABEI IST DER GÜRTEL SCHULD!
ICH HAB MICH LÄNGST DAMIT ABGEFUNDEN, DASS DU MICH NIEMALS LIEBEN KONNTEST UND JETZT DAS!
POP!
POP!
ABER... WAS, WENN DU IHN ÖFFNEST... UND NIX PASSIERT?
ICH SOLLTE MIR WOHL GLEICH EIN LOCH GRABEN, IN DEM ICH MICH DANACH VERSTECKE!
PATSCH
WAS MACHST DU DA?
?
Ich versuche, das Ding aufzuschließen, aber es geht nicht!
PATSCH
PATSCH
PATSCH
Wuuuu~
Du!
POP!
DER GÜRTEL IST UNSICHTBAR. ER IST NUR ZU SEHEN, WENN MAN IHM MIT DEM SCHLÜSSEL NÄHER KOMMT. UND DU HAST JA IMMER VERSUCHT, IHN WOANDERS ZU SUCHEN...
WIESO HABE ICH DEN GÜRTEL NIE GESEHEN ODER GESPÜRT?
heh
HNNTF!
DAS HABT IHR ZWEI MIR JA SCHÖN EINGEREDET! WART NUR AB! DU WIRST FÜR DIE EULE MITBESTRAFT!
HAHA... ICH NEHM DIE STRAFE AN!
OH... DU HAST RECHT.
Als ich ihn angelegt hatte, war er aber ganz neu!
DER SIEHT WIRKLICH KAPUTT AUS! DABEI SOLL DIESER ZAUBER KAUM ZU DURCHBRECHEN SEIN!
HM... DER GÜRTEL IST ABER GANZ SCHÖN RAMPONIERT. ÜBERALL SIND KERBEN UND SCHRAMMEN.
EIN WUNDER, DASS DER ZUSAMMEN HÄLT. SO ETWAS HAST DU DEINEM HERZ AUFGEZWUNGEN?
EINIGE VON MEINEN GEFÜHLEN WAREN WOHL ZU STARK FÜR DEN GÜRTEL ZU HALTEN... MANCHE MÜSSEN RAUSGESICKERT SEIN...
Würde so einiges erklären...

ATI IST...
WIRKLICH UNGLAUBLICH...
ER HAT MICH DAZU GEBRACHT, GEGEN MEINEN EIGENEN ZAUBER ZU ARBEITEN...
... UND SOGAR DIE WEISSE MAGIE IN MIR ZU AKZEPTIEREN...
Armes Ding! Eines Tages werde ich ihn für das, was er dir angetan hat, verprügeln...
Oder heil küssen... Ja... Wohl das Zweite...
STREICHEL
DU HAST RECHT... ICH HABE DICH AUSGEWÄHLT. NICHT LEIDER. SONDERN ZUM GLÜCK.
BITTE... NIMM MEIN HERZ NOCH EINMAL AN, ATI!
UND LASS UNS BEIDE LEBEN!
RATTER
KLICK!

Freiheit!
BADAMM
swuiiii
swuuuu
schaaaa

WAS HAST DU DIR NUR DABEI GEDACHT, RUBIO?
DER GÜRTEL IST NICHT DAZU BESTIMMT, GEFÜHLE AUSZULÖSCHEN! DU WIRST NACH WIE VOR GEFÜHLE JEGLICHER ART ANNEHMEN! DER GÜRTEL WIRD SIE NUR FESTHALTEN UND UNTERDRÜCKEN!
DAS WAHRE PROBLEM WIRD ENTSTEHEN, WENN DU DEN GÜRTEL EINES TAGES ÖFFNEST UND DEIN HERZ FREI GIBST!
DIE GEFÜHLE KÖNNTEN DICH ZERSTÖREN!
Deswegen hättest du mich aber nicht gleich ohrfeigen müssen!
Ich würde den Gürtel aus dir rausprügeln, wenn es möglich wäre!!!
DU BIST DER ERSTE MAGIER ÜBERHAUPT, DER SICH FREIWILLIG FÜR DEN GÜRTEL ENTSCHIEDEN HAT... UND DANN LEGST DU IHN UM DEIN HERZ!... DAS HAT DIE WELT NOCH NIE GESEHEN!
ABER ICH WILL DEN GÜRTEL TRAGEN! FÜR IMMER!...
ICH WILL, DASS DIESE TRAURIGKEIT ENDLICH WEG GEHT! ICH WERDE IHN NIEMALS ABLEGEN! FÜR NIEMANDEN!
DU DUMMER JUNGE...
Du hast keine Ahnung von der Liebe...
wuschel
ES BLEIBT NUR ZU HOFFEN...
... DASS DIE PERSON, DER DU EINES TAGES DEIN HERZ SCHENKST, STARK GENUG SEIN WIRD... UND DICH VON DEINER TRAUER BEFREIEN KANN...
POP!
POP!
POP!
POP!
OPA... HATTE RECHT...
ICH HAB KEINE AHNUNG VON DER LIEBE... HAB ICH NIE GEHABT...

POP!
ABER...
... INSGEHEIM HAB ICH DENNOCH GEAHNT, WAS AUF MICH ZUKOMMT... SEIT ICH DIR BEGEGNET BIN...
RUBIO...
POP!
ALS HÄTTE ICH GENAU NACH DIR... GESUCHT...
POP!
Äh...
RUBIO!
POP!
POP!
ABER WIESO... DENKE ICH DAS?
W-
WAS SOLLEN DIE BLUMEN?
POP!
POP!
... ICH BIN DOCH IN DIESE WELT GEKOMMEN, UM JEMAND ANDEREN ZU FINDEN...
POP!
tschirp!
... ODER?
Hey!
RUBIO!
Hörst du mir zu?!
Und was ist das? Sonne???
RUBIO!!
DU... LEUCHTEST!

ETWAS... IST SELTSAM...
ICH KANN WEDER MEINE GEFÜHLE... NOCH GEDANKEN KONTROLLIEREN...
RUMMEL
W- WAS IST JETZT?
EIN... ERD-BEBEN?
DOMM
DOMM
ICH...
DOMM
DOMM
DOMM

DOMM
DOMM
... HABE VÖLLIG VERGESSEN, WIESO ICH HIER BIN...
... ODER WAS VOR EINER MINUTE NOCH WICHTIG ERSCHIEN...
MEINE AUGEN...
... FÜLLEN SICH MIT DIR...
ALL MEINE GEDANKEN UND SORGEN VON VORHIN... ALL DIE GEFÜHLE, DIE MIR BIS SOEBEN ERLAUBT WAREN...
ALLES ERSCHEINT AUF EINMAL... SO LÄCHERLICH...
LÄCHERLICH WENIG... UND BEDEUTUNGSLOS...
DWUUUUUUU
ICH KANN WEDER DEUTEN... NOCH IN WORTE FASSEN, WAS GENAU MIT MIR LOS IST...
ICH FÜHLE, WIE DIE GANZE WELT UM MICH HERUM ATMET... SINGT... UND STRAHLT...

UND ICH WILL SIE DIR...
... ZU FÜSSEN LEGEN!
ALS WÜRDEN UNS UNTER EINEM STERNEN-HIMMEL...
BLINK
ICH FÜHLE MICH FANTAS-TISCH!
... WUNDER-SCHÖNE GESTALTEN... VÖGEL UND SCHWÄNE... GESELLSCHAFT LEISTEN!
GAK!
FLATTER
ALS WÄRE ICH VON SCHMETTER-LINGEN UMGEBEN!
RUBIO!
huff
hach
WAS IST MIT DIR?
Ich beschwere mich nicht, aber dennoch...
ICH... HAB KEINE AHNUNG!

RUBIO!
WAS... MACHST DU DENN?
!
ICH WILL MICH GERN FREUEN... ABER IRGENDWIE... HAB ICH ANGST UM DICH. ALL DAS HIER IST ETWAS... BESORGNISERREGEND...
FALLS DU MIT DER SACHE ÜBERFORDERT BIST, WÜRDE ICH ES VÖLLIG VERSTEHEN.
Wie wär's, wenn wir uns etwas ausruhen?
?
...
Ich weiß noch, als mir damals klar wurde, dass ich mich in dich verliebt habe, habe ich im Takt abwechselnd gesungen, gezittert, getanzt, verzweifelt... Und dir anschließend einen Kuchen gebacken... Hach, das ist echt schon lange her!
ES IST AUCH NICHT ZU STOPPEN!
BRODEL
DIE GEFÜHLE STÜRMEN AUS MIR RAUS WIE AUS EINEM VULK-
SCHNAPP!
Damals warst du für mich so unnahbar!
Ich hab meine Liebe zu dir heimlich... wie einen Schatz mit mir rumgetragen... Ich vermisse die Zeit irgendwie....
Bleib lieber bei Schmetterlingen!
PFFF~
Hmpf!

UWAAH!
H-HEY! WIR REDEN HIER DIE GANZE ZEIT ÜBER LIEBE!
WIE KOMMST DU DAZU, SO LEICHT-FERTIG DAS THEMA ZU WECHSELN?
Ich weiß ganz genau, was du vor hast!
FLATTER
ZWOMM
Hm?
ATI...
BLINK
ICH WILL SIE ENDLICH MACHEN.
ATI... ICH WILL NICHT DIE GANZE ZEIT ÜBER DIE LIEBE NUR REDEN.
ABER...
Rubio...
BATT
?
ICH WILL DICH... GANZ UND GAR... NICHT, WEIL WIR ES SOLLTEN... UND AUCH NICHT, UM ETWAS ZU ERREICHEN... SONDERN WEIL ICH ES WILL.
KANNST DU ES FÜHLEN?
ICH AKZEPTIERE DEINE GEFÜHLE. UND ICH WILL DIR MEINE GEBEN... AUF JEDE WEISE, DIE NUR GEHT.
KANNST DU FÜHLEN, DASS ICH DIE WAHRHEIT SAGE?

RUMMEL!
Hey, willst du dich mit einem frisch verliebten Magier anlegen?!
Bitte, regne nicht in meiner Wohnung!!!
Aber...
WA-WARTE! LASS... MICH!
Es tun...
NEIN. DU HAST GENUG FÜR MICH GEMACHT. ICH WILL AUCH ETWAS FÜR DICH TUN.
RUBIO...
AH! ICH SEHE, DU FÜHLST ES!
Und zwar deutlich...
!
ES IST... WIE EIN TRAUM...
ICH KANN WIRKLICH SPÜREN, DASS DU MICH GENAUSO SEHR WILLST, WIE ICH DICH... AUS JEDER DEINER BERÜHRUNGEN...
UND ICH DACHTE SCHON, ICH KÖNNTE NICHT MEHR GLÜCKLICHER WERDEN...
hach
HAT DICH DER GÜRTEL SO VERÄNDERT?
DU BIST WIE AUSGE-WECHSELT... MUTIG... FORDERND...
ICH VERLIERE BEI DIR DEN VERSTAND!

HINTER SCHLOSS UND RIEGEL...
DU HAST DICH NUR VERSTECKT...
NEIN...
leck
ABER... GENAU SO WILL ICH DICH!
SO UND NICHT ANDERS!
DAS IST DER RUBIO, AUF DEN ICH GEWARTET HABE... DER, DEN ICH KENNEN GELERNT HABE...
DER RUBIO, DER MEIN BLUT ZUM KOCHEN BRINGT!
DER MEINEM BLICK STAND HÄLT...
... UND MIR DAS GEFÜHL GIBT...
hnn!
ah!
ATI!
... WENN ER MEINEN NAMEN AUSSPRICHT...
... DER STÄRKSTE AUF DER WELT ZU SEIN...

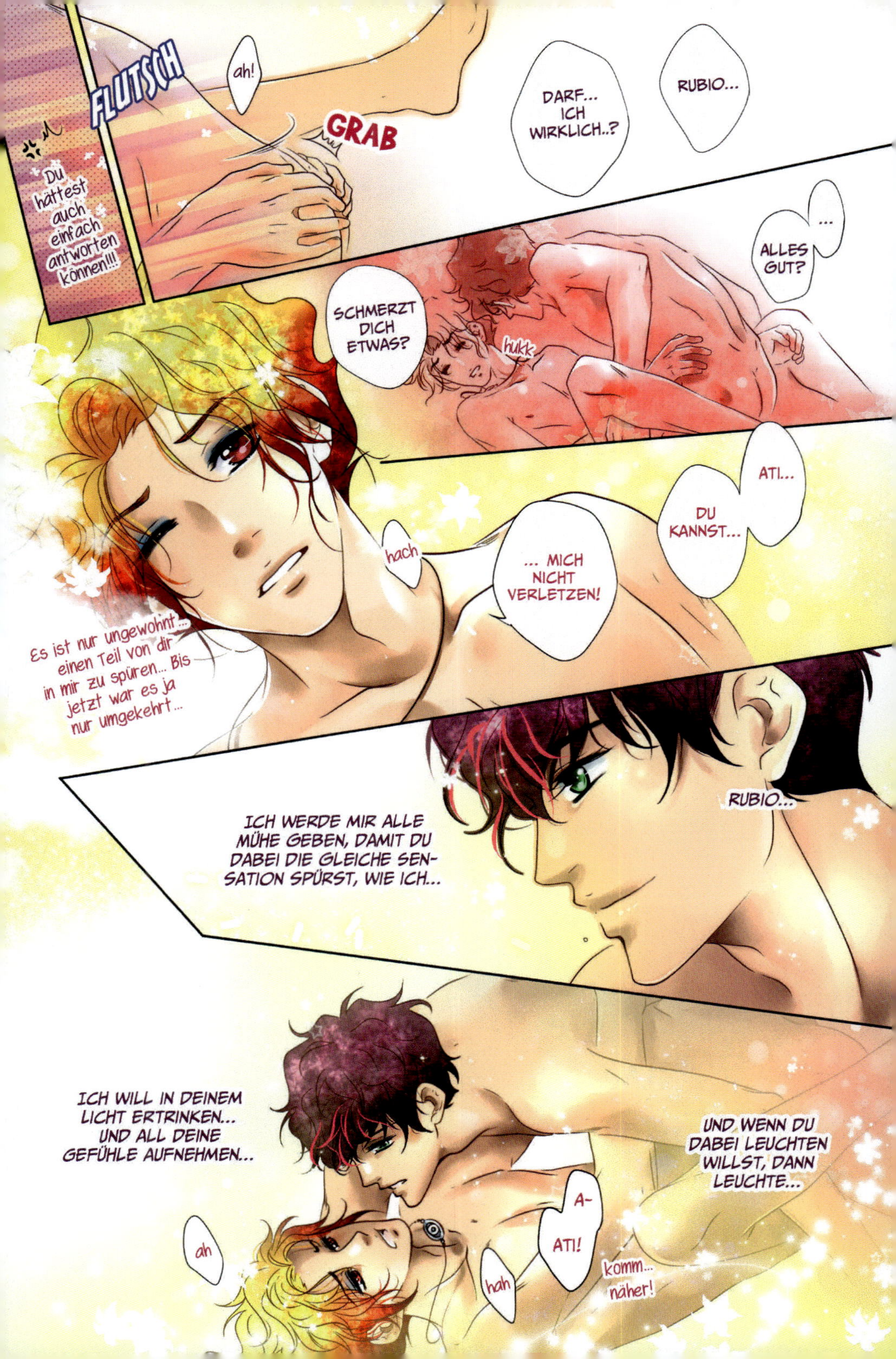
FLUTSCH
ah!
GRAB
Du hättest auch einfach antworten können!!!
DARF... ICH WIRKLICH..?
RUBIO...
...
ALLES GUT?
SCHMERZT DICH ETWAS?
hukk
ATI...
DU KANNST...
... MICH NICHT VERLETZEN!
hach
Es ist nur ungewohnt... einen Teil von dir in mir zu spüren... Bis jetzt war es ja nur umgekehrt...
RUBIO...
ICH WERDE MIR ALLE MÜHE GEBEN, DAMIT DU DABEI DIE GLEICHE SENSATION SPÜRST, WIE ICH...
ICH WILL IN DEINEM LICHT ERTRINKEN... UND ALL DEINE GEFÜHLE AUFNEHMEN...
UND WENN DU DABEI LEUCHTEN WILLST, DANN LEUCHTE...
ah
A-
ATI!
hah
komm... näher!

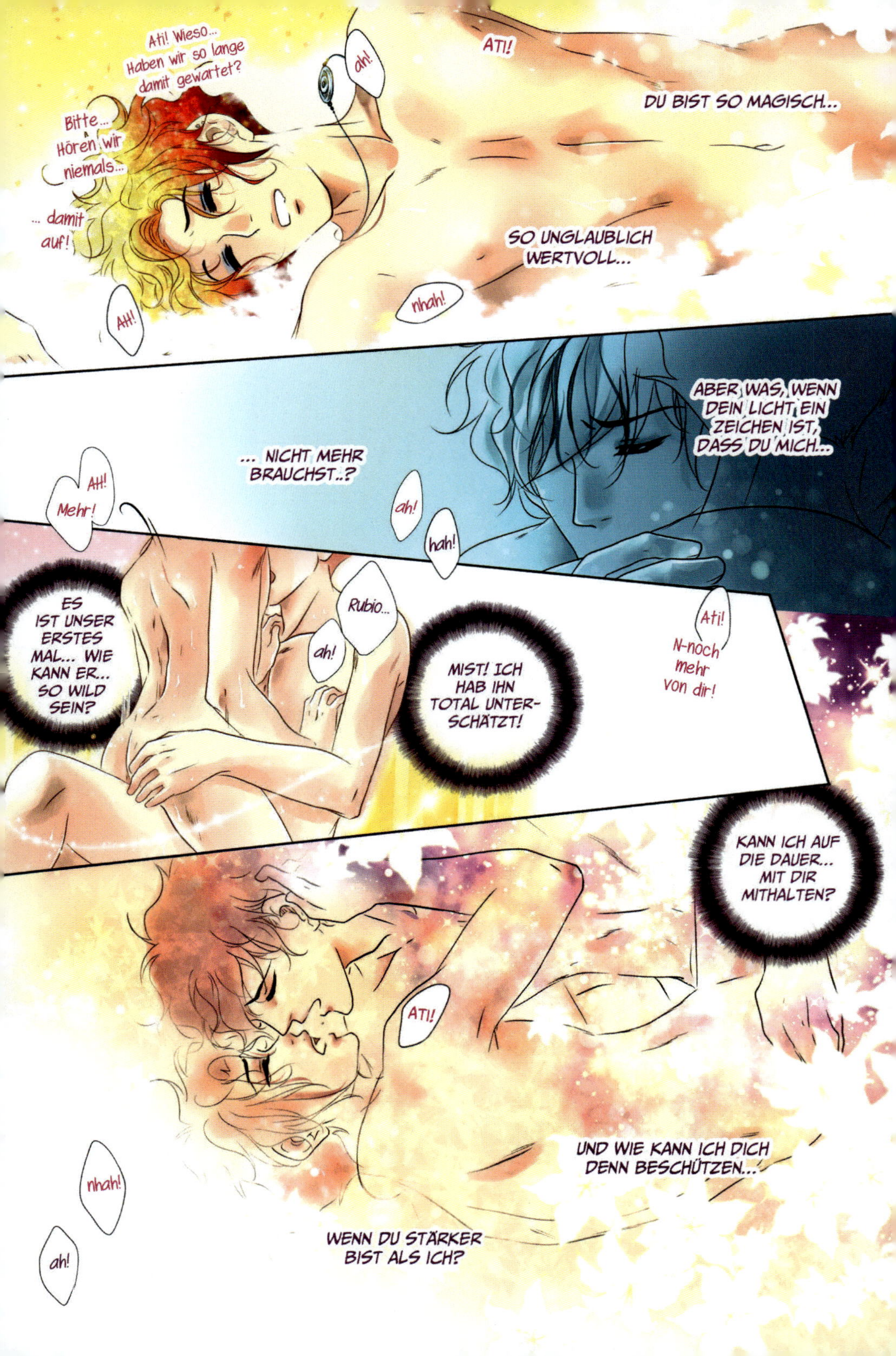
Ati! Wieso... Haben wir so lange damit gewartet?
ah!
ATI!
DU BIST SO MAGISCH...
Bitte... Hören wir niemals...
... damit auf!
SO UNGLAUBLICH WERTVOLL...
AH!
nhah!
ABER WAS, WENN DEIN LICHT EIN ZEICHEN IST, DASS DU MICH...
... NICHT MEHR BRAUCHST..?
AH! Mehr!
ah!
hah!
ES IST UNSER ERSTES MAL... WIE KANN ER... SO WILD SEIN?
Rubio...
ah!
MIST! ICH HAB IHN TOTAL UNTERSCHÄTZT!
Ati!
N-noch mehr von dir!
KANN ICH AUF DIE DAUER... MIT DIR MITHALTEN?
ATI!
UND WIE KANN ICH DICH DENN BESCHÜTZEN...
WENN DU STÄRKER BIST ALS ICH?
nhah!
ah!

nha!
ah!
ja!
hah!
Ati!
ah!
M-
MACH DOCH LANG-SAMER, RUBIO!
N-NEIN!
Schn...
SCHNELLER!
Ah!
BIST...
... DU SICHER, DASS DU ES SO WILLST?
Tu dir nicht weh!
hach
hach
ES...
... TUT NICHT WEH!
ES FÜHLT SICH... WUNDER-BAR AN!
BITTE... MACH WEITER!
hach
ICH WILL...
... EINS MIT DIR WERDEN!
FUPP

... MIT KÖRPER, GEIST, SEELE... MAGIE... MIT ALLEM, WAS ICH HABE...
JE HÖHER WIR FLIEGEN...
... DESTO MEHR WILL ICH MIT DIR VERBUNDEN SEIN...
UND ES STÖRT MICH ÜBERHAUPT NICHT, DASS ICH REIN GAR NICHTS MEHR UNTER KONTROLLE HABE...
!!
PTOFF!
WOBBLE!
WOBBLE!

DU BIST SCHLIESSLICH HIER... UND LENKST MEINE GEFÜHLE IN DIE RICHTIGE RICHTUNG...
DU BIST MEIN WEGWEISER...
MEIN EINZIGARTIGES BUCH DER MAGIE...
LEHRE MICH ALLES, WAS ICH WISSEN MUSS...
... UM DIESE MAGIE ANZUWENDEN...
UND ICH WERDE FÜR DICH...

... DIE ERDE ZUM BEBEN BRINGEN!
hach~
huff
!
ah...
Rubio... das war... unglaublich...
WAS WAR DAS?
ATI...
JA?
HAST DU... DAS AUCH GESEHEN?
hach
WAS MEINST DU?
Außer Sternen und Schmetterlingen sehe ich gerade nichts!
DIESES BILD!... EINE ART... VISION...

leck
ah
SAG MAL, WAS FÜR BILDER HAST DU IM KOPF, WÄHREND DU KOMMST?
Ich sehe dabei nur dich!
ICH DICH DOCH AUCH! DESWEGEN WAR ES DIESES MAL SO SELTSAM...
ATI...
... KANN ES SEIN...
hach
... DASS WIR UNS SCHON MAL BEGEGNET SIND?
HM?
RUBIO...
AN JEMANDEN WIE DICH...
... WÜRDE ICH MICH DOCH ERINNERN.
HM...
DU HAST WOHL RECHT...
ICH HAB VERMUTLICH NUR DEINE VERGANGENHEIT GESEHEN...
DAS WARST DOCH DU... ODER?

ABER VIELLEICHT WARTEN ALLE ANTWORTEN AUF MICH WIRKLICH ERST IM DÄMONENREICH...
ICH HAB HEIMLICH GEHOFFT, OPAS VERWIRRUNGS-ZAUBER ZU BRECHEN, WENN ICH MEIN HERZ FREIGEBE....
... UND MEINE EIGENEN NICHT?
ABER WIESO KANN ICH ATIS ERINNERUNGEN SEHEN...
Ausgerechnet beim Höhepunkt!
HM?
SCHMIEG
RUBIO... WIR LIEBEN UNS SEIT STUNDEN... UND DENNOCH DENKST DU ÜBER SO ETWAS NACH?
WAS GENAU MUSS ICH TUN, UM DICH DARAN ZU HINDERN, IN DAS DÄMONEN-REICH ZU GEHEN?
HIER IST MEINE HAND. HALTE DICH LIEBER DARAN FEST... STATT AN DEINEM GEFÄHRLICHEN VORHABEN...
KUSS
ATI...
...
SOLANGE ICH ES NICHT TUE... BIN ICH NICHT GENUG...
ATI...
IST MEINE HAND DENN... NICHT GENUG?
lächel
DU EGO-ISTISCHER MAGIER! DAS HAB ICH GE-HÖRT!
ÖH!
HÖR ENDLICH AUF DAMIT, SO ÜBER DICH ZU DENKEN!
Und denk über meine Worte nach!
ÄH...
AAH!
W-WAS IST? KANNST DU NICHT MEHR?
WAS?
AUSWEICHMANÖVER

SIEHST DU DIE STERNE... UND BLUMEN... UND SCHWÄNE?
DIE SIND JA WOHL VON ANFANG AN NICHT ZU ÜBERSEHEN! WANN VERSCHWINDEN DIE ENDLICH?
GENAU DARAUF WILL ICH JA HINAUS. WAHRSCHEINLICH ERST, WENN ICH BEFRIEDIGT BIN!
WIE?
ICH HAB GANZ GENAU MITGEZÄHLT, WIE OFT DU IN DEN LETZTEN STUNDEN GEKOMMEN BIST!!!
Reicht dir das immer noch nicht?
DIE KÖRPER VON UNS MAGIERN SIND FÜR GANZ ANDERE HERAUSFORDERUNGEN GEBAUT. ABER WENN DU NICHT MEHR KANNST...
PATT
PATT
DAS NIMMST DU GLEICH ZURÜCK!
I-ICH MUSS MICH NUR... HEILEN...
WUUUUU
Zum Punkt Null bringen...
DAFÜR BRAUCHST DU MAGIE NICHT! ICH HELF DIR!
SLUPP
PFFFRT!
AAH ~ A-
Es... geht wieder...
hehe
ATI...
Ich...
...
ICH WEISS...
Schaffst du denn endlich eine ganze Stunde?
HNN!
Bist du still?

ICH FÜHLE MICH ALS WÄRE ICH VON ZEHN LASTERN ÜBERFAHREN WORDEN...
UGH...
LASS MICH IN RUHE!
flap
flap
ARSCH HOCH, SCHLAF-MÜTZE!
DU LOSER!
HNNG!
DU HAST IHM 'NE STUNDE VERSPROCHEN, ABER EUER LÄNGSTER HÖHEPUNKT HAT GERADE MAL 46 MINUTEN GEDAUERT!
WIE AUCH IMMER...
JETZT MECKERST DU SCHON FAST GENAU WIE RUBIO! DU TRÄGST SEIN HERZ WOHL SCHON VIEL ZU LANG! WIRST IHM IMMER ÄHNLICHER!
HALT DEN SCHNABEL!
ICH WOLLTE NUR ETWAS ROMANTIK UND WURDE VON IHM SOWAS VON AUSGE-PRESST...
Und das nach mehr-maligem Heilen...
AU! ALLES TUT MIR WEH!
KNACKS
DIE GANZEN BLUMEN UND SCHWÄNE SIND WEG...
Ich hoffe, es bedeutet das, was ich denke...
WAS? SEIT WANN KANNST DU SOWAS?
AH!
AH!
ATI!
MEHR!
AH!
AH!
KEINE SORGE! DU HAST IHN MEHR ALS GENUG BEFRIEDIGT!
HAB'S DIR AUF DEIN HANDY AUFGE-NOMMEN. FALLS DU REINHÖREN WILLST!
DU HAST ES MIR IM EIFER EURES GEF... EURER VERSCHMELZUNG BEFOHLEN.
DU MUSST AUCH NICHT JEDEN SCHEISS MACHEN!
WIR HÄTTEN DOCH NOCH ETWAS WARTEN SOLLEN... ICH WOLLTE ES JA GUT EIN-STUDIEREN...
...
HM? ER HAT... DIE TATTOOS WIEDER AN SICH GENOMMEN?... UND WIESO IST ER SO STILL? IST ER DOCH ENTTÄUSCHT?
RUBIO?

PING!
HM?
WICHTIGE NEWS?
Naja... warum eigentlich nicht? Muss nur aufpassen, dass ich es nicht versehentlich an Axel schicke!
HA HA
Hab's vergessen...
ICH TUE... UND SAGE ZU DIR, WAS DU VON MIR BRAUCHST.
Hey!
ICH BIN DEIN ZAUBER!
Seltsame Ereignisse haben in den letzten fünf Tagen die Erde erschüttert. Nicht identifizierbare Pheromonwellen ungeahnten Ausmaßes erscheinen derzeit in regelmäßigen Abständen auf der ganzen Welt.
Rezipienten, die mit den Pheromonen in den Kontakt treten, weisen langfristige Anzeichen von innerer Ruhe, sowie starken Liebesgefühlen aus. In den letzten 72 Stunden wurde kein einziges Verbrechen gemeldet. In ca. 30 Ländern wurde gestern überraschenderweise die gleichgeschlechtliche Ehe für rechtsmäßig anerkannt.
Das Ozonloch schwindet. In den ärmsten Ländern fällt Manna vom Himmel. Es wurden 120 neue Eisberge gesichtet und mindestens 10 neue Tierarten entdeckt. Hat die Natur angefangen, sich auf eine magische Weise zu regenerieren? Wir hoffen es und bleiben dran!
NEWS 24/7/365
WIR HABEN GANZE FÜNF TAGE AM STÜCK DURCHGEF... GEACKERT? UND SOWAS KAM DABEI RAUS???
WAS?
UND WAS IST MIT RUBIOS WELT?
DAZU BRÄUCHTEN WIR DEN SPIEGEL VON RAMSES. ABER KEINER VON EUCH HAT 'NE PFORTE IN UNSERE WELT GEÖFFNET, ALSO BLIEB DER EFFEKT VERMUTLICH EURER WELT VORBEHALTEN.
ZUCK
!!
ABER WIR HABEN ES JA NICHT GETAN, UM EURE WELT ZU HEILEN, SONDERN WEIL WIR ES SELBST... FÜR UNS WOLLTEN.
VIELLEICHT KLAPPT ES JA BEIM NÄCHSTEN MAL. WENN WIR UNS DABEI AUF DAS WICHTIGE KONZENTRIEREN...
RUTSCH
RUBIO!!!

SCHON WIEDER?
PATT
SCHEISSE! WIESO IST ER SCHON WIEDER AUSSER KRAFT? DIE GANZE ZEIT, IN DER WIR UNS GELIEBT HABEN, HAT ER VOR ENERGIE NUR SO GESTROTZT!
!
GRAB
Rubios Energie kann nur von seinem eigenen Herzen wieder aufgefüllt werden!
WUUUUUUUU
ATI...
AH... ENDLICH BIST DU WACH...
HM?
uh
ICH HAB MICH GESTERN NUR KURZ HIER ANS FENSTER GESETZT... WOLLTE DICH NICHT WECKEN... UND DANN KONNTE ICH MICH PLÖTZLICH NICHT MEHR... BEWEGEN... WIE BEIM LETZTEN MAL...
HAHA...
MEIN HERZ SCHLÄGT WOHL WIRKLICH NUR NOCH FÜR DICH!
UND ES KANN... ODER WILL MICH NICHT MEHR WEITER MIT LEBEN MITVERSORGEN...
Das kleine sture Ding!

WENN DU MIR VERSPRICHST, NICHT INS DÄMONENREICH ZU GEHEN, GEB ICH DIR ALLES, WAS DU WILLST.
...
DU MUSST EINFACH VON JETZT AN IN MEINER NÄHE BLEIBEN. DANN REICHT MIR DIE ENERGIE, DIE ICH AUF DIESE WEISE VON DIR BEKOMME.
ABER SOLANGE DU IN ORDNUNG BIST, BIN ICH ZUFRIEDEN!
KUSS
BSS
huff
huff
Sturer Bock!
ICH HAB ECHT LUST, DIR EINE REINZUHAUEN, EY!
BSS
Ich grüße euch, Mitbürger!
Liebe für immer!
HALTET DIE FRESSE!
?
DU KANNST NICHT MAL PAAR METER SCHAFFEN... WIE WILLST DU DICH DEN DÄMONEN STELLEN?
VERDAMMTE KACKE! HÖRST DU? LASS UNS REDEN! ES IST ZU GEFÄHRLICH! UND DU BIST VIEL ZU SCHWACH!
RUBIO!
KOMM ZURÜCK! ICH WILL NICHT, DASS DU HIN GEHST! WIE OFT SOLL ICH ES DENN NOCH SAGEN?
ATI...
RUBIO... BITTE... SEI VERNÜNFTIG! SO VIEL IST IN DER ZWISCHENZEIT PASSIERT! WIESO VERSUCHEN WIR NICHT, EINE ANDERE LÖSUNG ZU FINDEN?
SCHWINDEL
BSS
BSS
BOFF
Siehst du?

WENN DU NICHT ENDLICH DAMIT AUFHÖRST, WERDE ICH DIR EINE REINHAUEN!
Wie?
UH... ICH ERKENNE IHN NICHT WIEDER... ER SIEHT SO FURCHTLOS UND ENTSCHLOSSEN AUS...
IST DAS SEIN WAHRES ICH? ODER NOCH DIE NACHWIRKUNG VON UNSERER... VEREINIGUNG?
H-
HEY, ABER... ICH WÜRDE GERN MIT DIR VORHER NOCH WAS MACHEN... UND REDEN... LASS UNS DOCH AUS-GEHEN...
und reden...
JA, DAS HAT LETZTENS JA SUPER GEKLAPPT!
OI!
i-i
ICH KANN MICH JETZT NICHT MIT SOLCHEM UNSINN BESCHÄFTIGEN!
ABER...
JETZT, WO ICH WEISS, WAS ICH WIRKLICH FÜR DICH EMPFINDE, IST DER GEDANKE DARAN, WAS ICH DIR ALLES ANGETAN HABE, UNERTRÄGLICH GEWORDEN.
VERLANGE NICHT VON MIR, AUF DEIN HERZ ZU VERZICHTEN! ICH WEISS, ES IST NOCH AM LEBEN... ABER ICH WEISS NICHT WIE LANGE NOCH. ES IST DORT SCHON SEIT WOCHEN GEFANGEN.
UND JEDER VERLORENE MOMENT IST EIN VERLORENER MOMENT ZU VIEL.
RUBIO...
WAS SOLL ICH DANN MACHEN?
ICH HABE TAGELANG DARÜBER NACHGEDACHT, WIE ICH OPA BEFREIEN KONNTE... UND BIN AUF REIN GAR NIX GEKOMMEN!
ICH SCHÄTZE ES WIRKLICH SEHR, DASS DU DAS FÜR MICH TUN WILLST, ABER ES BRINGT DOCH NICHTS, WENN DU DICH UNÜBER-LEGT IN DIE SACHE HINEINSTÜRZST!
UND WENN ICH NICHTS TUE, WERDE ICH STERBEN! WILLST DU DAS?
NATÜRLICH NICHT!
MEIN ENTSCHLUSS STEHT FEST. ENTWEDER DU HILFST MIR UND ES WIRD SCHNELLER GEHEN, ODER DU VER-SCHWENDEST WEITERHIN MEINE ZEIT, INDEM DU VERSUCHST, ES MIR AUSZUREDEN!
RUBIO... ICH WILL DOCH NUR...
Und dann werd ich dir auch noch eine rein-hauen müssen!

ATI...
DAS AUGE HAT MICH VERARSCHT.
ES WUSSTE, DASS ICH IN DAS DÄMONENREICH MUSS, WENN ICH DICH RETTEN WILL.
ES HAT NICHTS DAGEGEN UNTERNOMMEN, UM MICH DAVON ABZUHALTEN, MICH FÜR DIE WEISSE MAGIE ZU ENTSCHEIDEN... UND SOMIT NICHT NUR OPA, SONDERN AUCH DICH FÜR IMMER ZU VERDAMMEN.
DAFÜR WERDE ICH IHM VOLL IN DEN ARSCH TRETEN.
ICH SCHWÖRE DIR...
... ICH WERDE ALLE REGELN DER MAGIE BRECHEN, UM DIR DEIN HERZ ZURÜCK ZU BRINGEN!
RUBIO...
BSS
HEY!

Ist heute Sonntag? Es ist so ruhig hier...
Huch? Was ist das denn für ein Brunnen?
Und mein Einhorn? Hat der Zauber etwa nicht geklappt?
Ich nenn dich nur noch "Meister Kitsch!"
Sei ruhig, Schwanenprinz!
WIE GENAU WILLST DU DANN REIN? DU HAST KEINE SCHWARZE MAGIE MEHR.
RUBIO...
DAS IST SO NICHT GANZ RICHTIG.
AUFKNÖPF
WIR WISSEN NICHT, WIE LANGE WIR WEG SIND. WIR KÖNNEN DAS TOR NICHT OFFEN LASSEN UND RISKIEREN, DASS DIE DÄMONEN WÄHRENDDESSEN IN DIESE WELT REINKOMMEN.
HATTE ICH NICHT VOR.
WENN DU VON MIR WILLST, DASS ICH ES BRECHE, DANN SAG ICH GLEICH NEIN.
DA IST DEIN SIEGEL.
SWAP
D-
DEINE ZEICHEN?
Du Mistkerl! Hast du sie dir deswegen zurückgeholt?
Au!
DWUUUUUU

!
Wird aber... wirklich nix raus-kommen?
SCHNAPP
SCHNAPP
DIES IST NUR EIN EINGANG IN DAS REICH. KEIN AUSGANG. EINE EIN-LADUNG DES DÄMONS.
FÜR MICH.
NIEMAND SONST WIRD HIER DURCH-KOMMEN KÖNNEN.
UND MEIN HERZ.
SCHLÄNGEL
SCHRIEEEEK
SCHLÄNGEL
DAS BEGLEICHEN EINER SCHULD STEHT ÜBER DEN GESETZEN DER MAGIE.
Ähnlich wie ein Pakt...
WENN MICH DER DÄMON IMMER NOCH WILL, WIRD ER MIR DEN ZUGANG ZU SEINEM REICH GEWÄHREN.
UND ER WIRD MICH WOLLEN.
DENN ICH BESITZE ETWAS...
... DAS ER HABEN WILL!

WOHER WEISST DU DAS ALLES? UND WIE KANNST DU DIR... SO SICHER SEIN, DASS ES STIMMT?
HEY!
DAS IST DOCH ALLGEMEINWISSEN!
WAS IST? ÜBERRASCHT DICH DAS ALLES?
ICH BIN NICHT MEHR DERSELBE WIE VORHER.
DANK DIR.
...
SCHNAPP
SCHNAPP
RUBIO...
Ich...
JETZT DANKST DU IHM NOCH!
ABER BALD SCHON... WIRST DU IHN HASSEN!
RU-
RUFUS?
WAS...
... IST DENN MIT DIR PASSIERT?
HAHA!

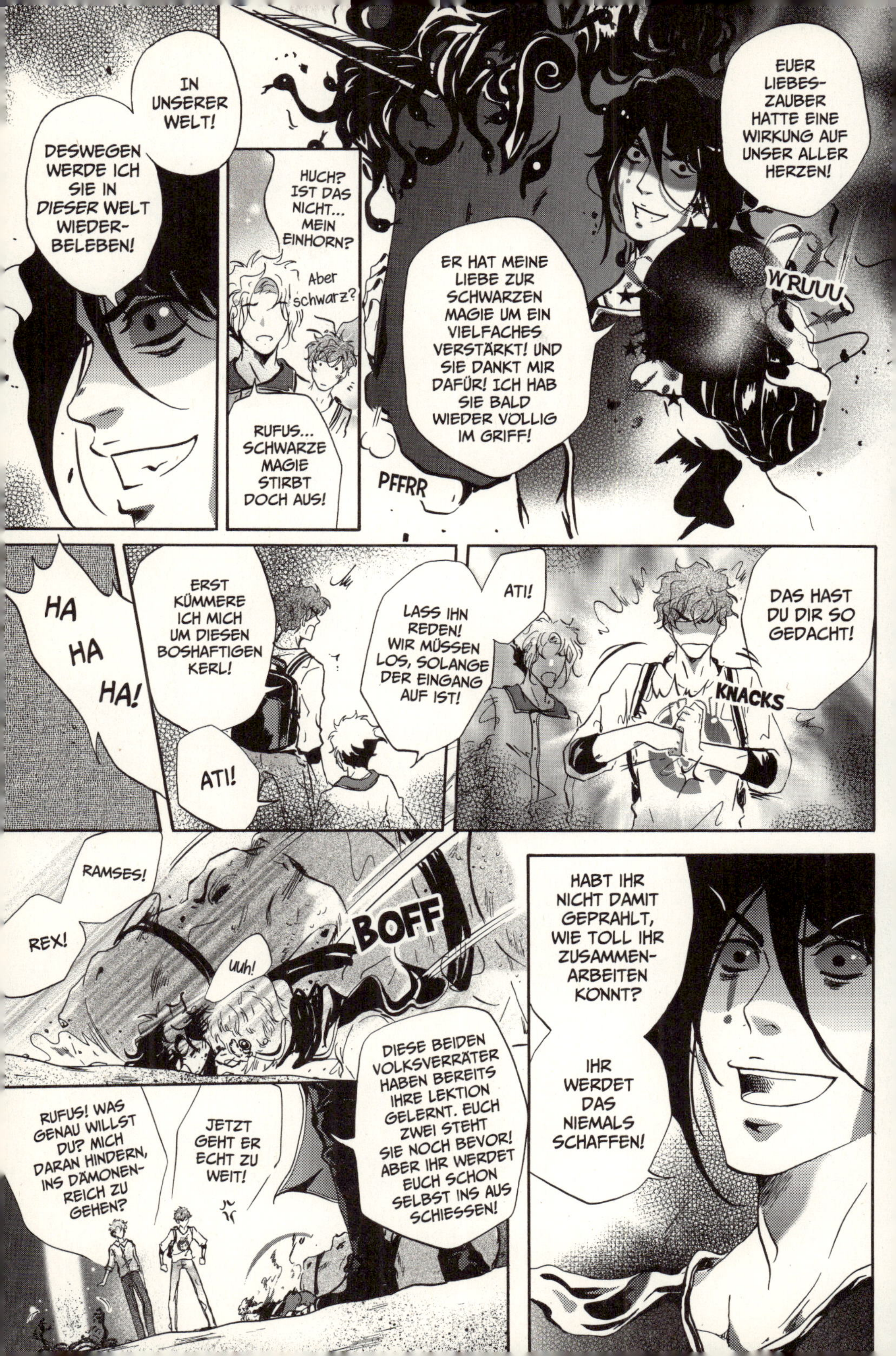
IN UNSERER WELT!
DESWEGEN WERDE ICH SIE IN DIESER WELT WIEDERBELEBEN!
HUCH? IST DAS NICHT... MEIN EINHORN?
Aber schwarz?
RUFUS... SCHWARZE MAGIE STIRBT DOCH AUS!
PFFRR
ER HAT MEINE LIEBE ZUR SCHWARZEN MAGIE UM EIN VIELFACHES VERSTÄRKT! UND SIE DANKT MIR DAFÜR! ICH HAB SIE BALD WIEDER VÖLLIG IM GRIFF!
EUER LIEBESZAUBER HATTE EINE WIRKUNG AUF UNSER ALLER HERZEN!
WRUUU
HA HA HA!
ERST KÜMMERE ICH MICH UM DIESEN BOSHAFTIGEN KERL!
ATI!
LASS IHN REDEN! WIR MÜSSEN LOS, SOLANGE DER EINGANG AUF IST!
ATI!
DAS HAST DU DIR SO GEDACHT!
KNACKS
RAMSES!
REX!
BOFF
Uuh!
HABT IHR NICHT DAMIT GEPRAHLT, WIE TOLL IHR ZUSAMMENARBEITEN KÖNNT?
IHR WERDET DAS NIEMALS SCHAFFEN!
RUFUS! WAS GENAU WILLST DU? MICH DARAN HINDERN, INS DÄMONENREICH ZU GEHEN?
JETZT GEHT ER ECHT ZU WEIT!
DIESE BEIDEN VOLKSVERRÄTER HABEN BEREITS IHRE LEKTION GELERNT. EUCH ZWEI STEHT SIE NOCH BEVOR! ABER IHR WERDET EUCH SCHON SELBST INS AUS SCHIESSEN!

ICH WOLLTE DIR NUR...
... ADIEU SAGEN!
HAHA! WO DENKST DU HIN?
IM GEGENTEIL! ICH BIN HIER, UM DICH DORTHIN ZU VERABSCHIEDEN!
SOBALD DAS AUGE BEI SEINESGLEICHEN IST, WIRD ES SICHER WIEDER IN DEN GENUSS DER SCHWARZEN MAGIE KOMMEN!
HALT DEN RAND!
DU HAST KEINE AHNUNG, ZU WAS RUBIO FÄHIG IST!
DIES IST IMMERHIN DEINE LETZTE REISE! DAS DÄMONENREICH WIRD SCHON JEDEN TROPFEN WEISSER MAGIE AUS DIR HERAUSSAGEN!
UND DIR EINEN SCHUBS GEBEN, SOLLTEST DU IN LETZTER MINUTE KNEIFEN!
DU DENKST, DU BIST BESSER ALS WIR? DU BIST GENAUSO EIN EGOIST!
WAS GENAU VERSUCHST DU, AUS IHM DIE GANZE ZEIT ZU MACHEN? WIESO WOLLTEST DU IHN ÜBERHAUPT VON ANFANG AN ÄNDERN? DAMIT ER SICH *DEINEN* WERTEN VON GUT UND BÖSE ANPASST? JA, DU HAST IHN UM DEN FINGER GEWICKELT... ABER ALLES, WAS ER TUT, TUT ER FÜR DICH! NICHT AUS EIGENER ÜBERZEUGUNG!
HAST EIN MAL MIT IHM GEBUMST UND DENKST PLÖTZLICH, DU WEISST ALLES BESSER? ICH SAGTE DOCH BEREITS: *DU* BIST SEIN GRÖSSTES HINDERNIS!
Haha!
DU ETWA?
WENN DU IHN WIRKLICH LIEBEN WÜRDEST, WÜRDEST DU IHM DABEI HELFEN, SEINE BESTIMMUNG ZU ERFÜLLEN! ER SOLL SEINEM SCHICKSAL FOLGEN! NICHT *DEINEM*!
UND DIESE HALBHERZIGE... SOGENANNTE *LIEBE*... SOLL IHN IM REICH DER DÄMONEN... WAS? BESCHÜTZEN? ICH LACHE DEINEN LEEREN WORTEN INS GESICHT! DU WIRST IHM IMMER NUR IM WEG STEHEN UND IHN DARAN HINDERN, DIE RICHTIGEN ENTSCHEIDUNGEN *FÜR* SICH SELBST ZU TREFFEN! UND EINES TAGES WIRD ER DICH DAFÜR HASSEN, GLAUB MIR DAS!

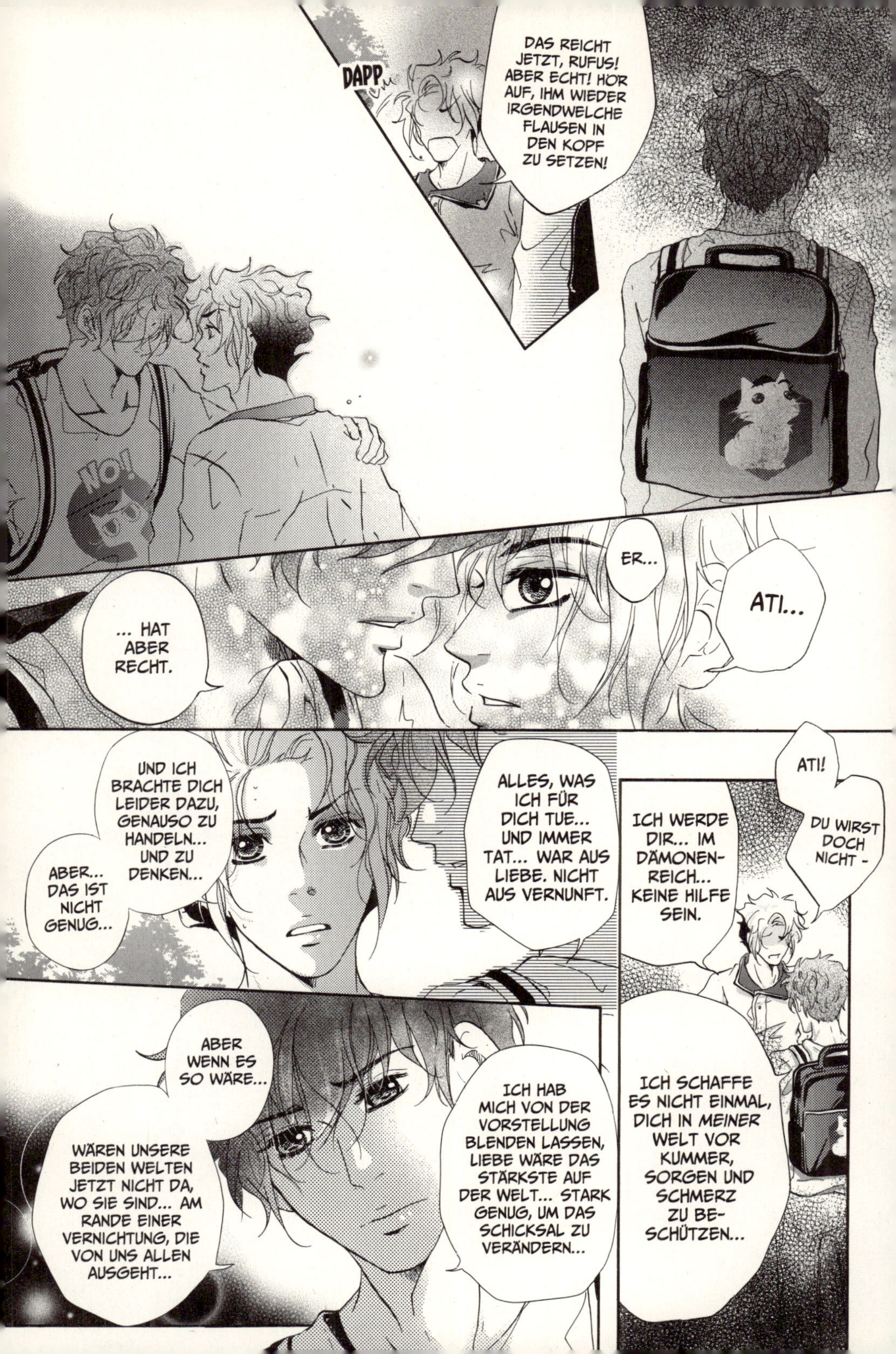
DAPP
DAS REICHT JETZT, RUFUS! ABER ECHT! HÖR AUF, IHM WIEDER IRGENDWELCHE FLAUSEN IN DEN KOPF ZU SETZEN!
... HAT ABER RECHT.
ER...
ATI...
UND ICH BRACHTE DICH LEIDER DAZU, GENAUSO ZU HANDELN... UND ZU DENKEN...
ABER... DAS IST NICHT GENUG...
ALLES, WAS ICH FÜR DICH TUE... UND IMMER TAT... WAR AUS LIEBE. NICHT AUS VERNUNFT.
ICH WERDE DIR... IM DÄMONENREICH... KEINE HILFE SEIN.
ATI!
DU WIRST DOCH NICHT -
ABER WENN ES SO WÄRE...
WÄREN UNSERE BEIDEN WELTEN JETZT NICHT DA, WO SIE SIND... AM RANDE EINER VERNICHTUNG, DIE VON UNS ALLEN AUSGEHT...
ICH HAB MICH VON DER VORSTELLUNG BLENDEN LASSEN, LIEBE WÄRE DAS STÄRKSTE AUF DER WELT... STARK GENUG, UM DAS SCHICKSAL ZU VERÄNDERN...
ICH SCHAFFE ES NICHT EINMAL, DICH IN MEINER WELT VOR KUMMER, SORGEN UND SCHMERZ ZU BESCHÜTZEN...

DU KANNST ES DIR NICHT LEISTEN, IHR DEN RÜCKEN ZU KEHREN, NUR UM... JEMAND BELANGLOSEN WIE MICH ZU RETTEN... HAST DU WIRKLICH VERGESSEN, DASS DU EINE WICHTIGERE AUFGABE HAST?
WÄRST DU EIN MENSCH, WÄRE ES VIELLEICHT ETWAS ANDERES. ABER DU BIST NUN MAL AUS MAGIE GEBOREN.
UND ICH FÜRCHTE, ICH WERDE DICH EBENFALLS AN SOLCH EINEN RAND ZIEHEN, WENN ICH NICHT ANFANGE, VERNÜNFTIG ZU HANDELN.
ICH WILL ES DIR SCHON DIE GANZE ZEIT SAGEN.
FLINK
ATI! LASS DICH NICHT VON RUFUS - !
ATI! ABER - !
DEIN BRUDER HAT RECHT. WIR WERDEN NIE MITEINANDER HARMONIEREN KÖNNEN... WEIL WIR EINFACH NICHT... DAS GLEICHE WOLLEN!
SELBST DEIN HERZ STELLT SICH GEGEN MEINEN WILLEN UND SCHLÄGT FÜR MICH, STATT FÜR DICH, WIE ES EIGENTLICH SOLLTE... UND DICH... KANN ICH AUCH NICHT UMSTIMMEN!
SCHAU DOCH... WIR HABEN ES VERSUCHT.
UNSERE... VERBINDUNG... WAR EINFACH NICHT MAGISCH GENUG.
Ihr solltet euch beeilen! Das Tor schließt sich gleich!
HNNNF!
UNNF!
ZISCH
FLINK
ATI! LASS DEN SCHEISS!
Wir müssen los!
VIELLEICHT IST ES WIRKLICH DEIN SCHICKSAL, DICH DEM DÄMON ZU STELLEN. ABER ICH KANN DICH NICHT DORTHIN BEGLEITEN. UM DEINETWILLEN.
?

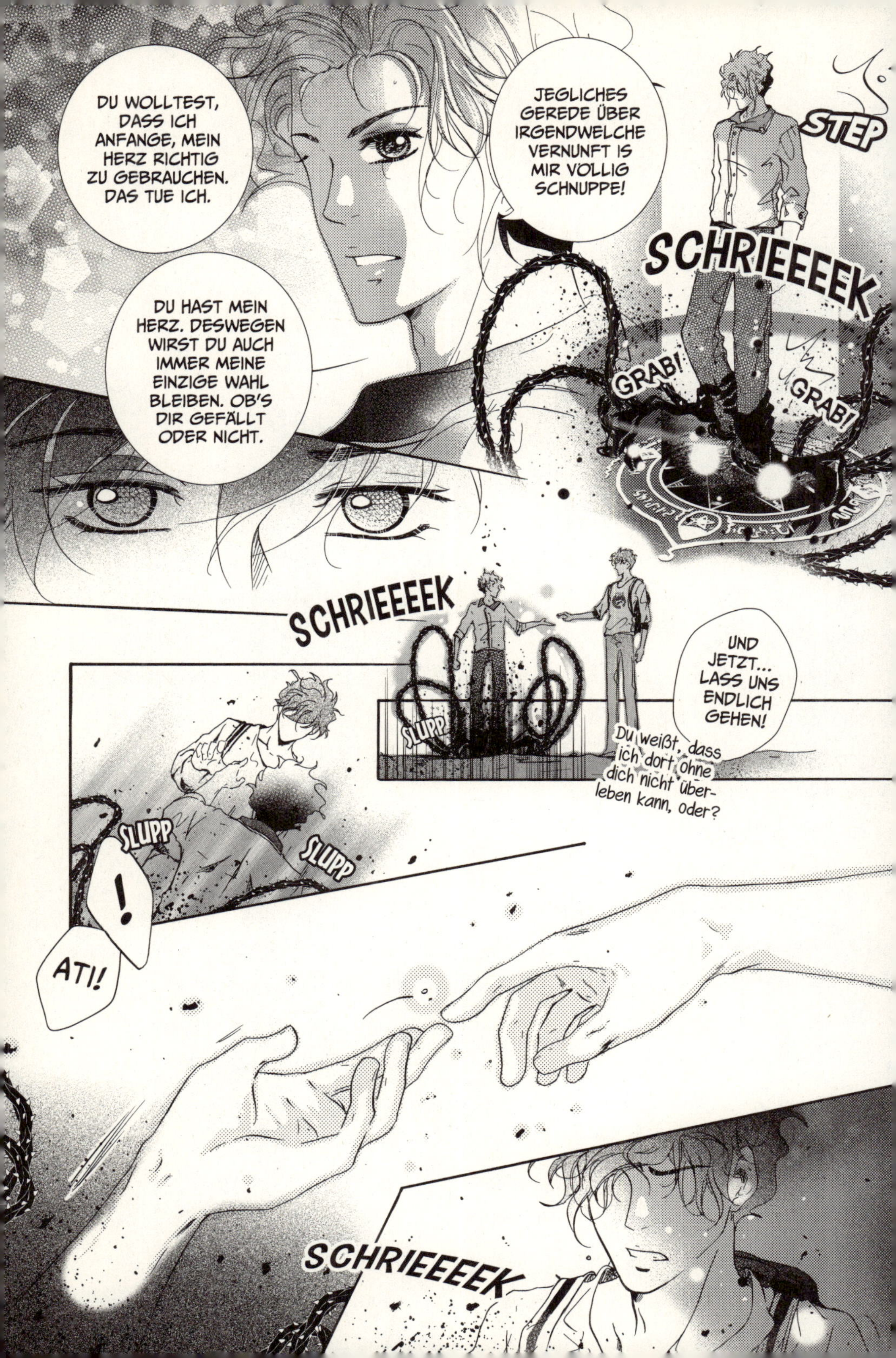
DU WOLLTEST, DASS ICH ANFANGE, MEIN HERZ RICHTIG ZU GEBRAUCHEN. DAS TUE ICH.
JEGLICHES GEREDE ÜBER IRGENDWELCHE VERNUNFT IS MIR VÖLLIG SCHNUPPE!
STEP
SCHRIEEEEK
DU HAST MEIN HERZ. DESWEGEN WIRST DU AUCH IMMER MEINE EINZIGE WAHL BLEIBEN. OB'S DIR GEFÄLLT ODER NICHT.
GRAB!
GRAB!
SCHRIEEEEK
UND JETZT... LASS UNS ENDLICH GEHEN!
Du weißt, dass ich dort ohne dich nicht überleben kann, oder?
SLUPP
SLUPP
SLUPP
!
ATI!
SCHRIEEEEK

SCHRIEEEEK
DOSH!
AU!
Mein... Hintern..!
UUH!
DAS... IST DAS REICH?
ES IST SO DUNKEL HIER!
Und so komisch still!
DOSH!
UHN!
BIN FROH, DASS DU ZUR VERNUNFT GEKOMMEN BIST!
Wo du ja gerade davon vorhin geredet hast!
UUH!
Wo seid ihr, Dämonen?
FLAP
FLAP
GLOW

SCHRIEEEEK
FLAP
ZUCK
OHA!
GUT... DAS SIND ECHT SO EINIGE!
winsel ~
schniff
FLAP
FLAP
SCHRIEEEEK
HEY, SIE SCHEINEN SICH VOR LICHT ZU FÜRCHTEN!
WENN WIR DEN GANZEN ORT MIT UNSERER LIEBE FLUTEN, KRIEGEN DIE ALLE DEN SCHOCK IHRES LEBENS... ÄH... TODES!
UHN!
WAS MEINST DU, ATI?
VERFLUCHT, WAS MACHST DU HIER? WO IST ATI?
haach!
ZWUPP
ICH HAB... KEINE AHNUNG!
ICH SEHE NICHTS, ABER DER EINGANG SCHEINT WIEDER VERSCHLOSSEN ZU SEIN!
UNNNH!
ATI!
ATI!
WO BIST DU?
ICH...
... GLAUBE NICHT, DASS ER HIER IST, RUBIO!
UNSINN! ICH HÖRE IHN WINSELN! ER MUSS HIER SEIN!
winsel ~
RA-
RAMSES?
ATI!
ABER...
RAMSES! WIE BIST DU REINGE-KOMMEN?
DIE EINLADUNG WAR NUR FÜR MICH... UND MEIN HERZ BESTIMMT!
Also.. die Person, die es trägt...
schniff ~

WENN ER MIR EINE VON SEINEN KATZEN REINGEPACKT HAT, WIRD ER SEIN BLAUES WUNDER ERLEBEN!!!
SEINEN RUCK-SACK?
Das Winseln kommt von dort.
ZZZIPP
winsel ~
UND DAS...
... HAT ER MIR UMGE-HÄNGT...
UFF..
HAT ER DOCH GE-KIFFEN?!
ER... HAT MICH EINFACH GEPACKT UND MICH HIER REIN-GEWORFEN, NACHDEM DU IM BODEN VERSCHWUNDEN BIST...
RUTSCH
OH!
Dein Mensch...
uhuuuu! ~
WAS- ?
RUBIO...
ALL DIE MAGIE... UND KRAFT... KAMEN IMMER NUR AUS DEINEM HERZEN...
ES TUT MIR LEID... DASS ICH MEIN VERSPRECHEN NICHT HALTEN KANN... ABER... ICH BIN SOWIESO... VON ANFANG AN NUTZLOS GEWESEN...
ICH WEISS... DU BIST STARK GENUG...
Hey! Ich rede mit dir!!!
Bist du noch von Sinnen? Was hast du mit Ramses gemacht?
NO!
... DU WIRST DEN DÄMONEN ORDENTLICH DIE ÄRSCHE VERSOHLEN...
DAFÜR BRAUCHST DU MICH NICHT...

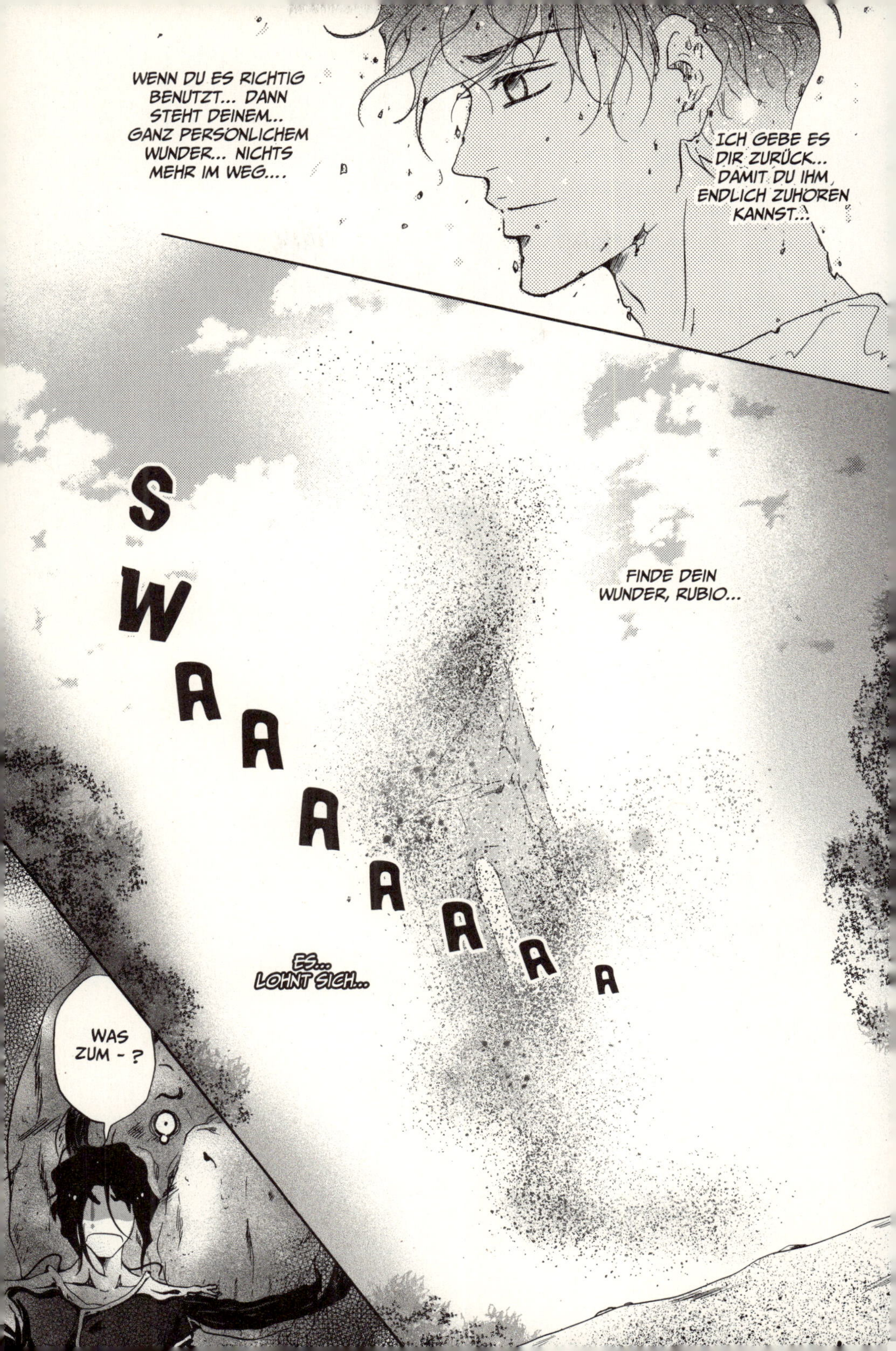
ICH GEBE ES DIR ZURÜCK... DAMIT DU IHM ENDLICH ZUHÖREN KANNST...
WENN DU ES RICHTIG BENUTZT... DANN STEHT DEINEM... GANZ PERSÖNLICHEM WUNDER... NICHTS MEHR IM WEG....
FINDE DEIN WUNDER, RUBIO...
SWAAAAAAA
ES... LOHNT SICH...
WAS ZUM - ?

ATI!
WAS HAST DU GETAN..?

WAS HAST DU NUR GETAN?!
BL is magic! 3 ❤ Ende

INTERMEZZO

Nachwort

Liebe Leser!

Nach allerlei Problemen und Strapazen ist *BL is magic!* 3 tatsächlich da! Juhuu! Das war ein hartes Stück Arbeit!

Vielleicht habt ihr gemerkt, dass dieser Band etwas anders geworden ist, als die ersten zwei davor. Es ist ein einziges überlanges Kapitel, in dem ich endlich auf Gefühle eingehen konnte, die in der Story bislang nicht wirklich viel Platz hatten, auch wegen der ganzen Geheimniskrämerei der Jungs. Falls es an einigen Stellen zu schnell ging, dann lag das hauptsächlich an der begrenzten Seitenzahl, die ich für das Projekt zur Verfügung hatte. Dennoch ist dieser Band ganze 16 Seiten länger als Band 2! *huff*

Ich wollte von Anfang an die einzelnen Bände mit Fokus auf bestimmte Stimmungen und Situationen gestalten.
Band 1 sollte vor allem lustig sein,
in Band 2 kam die Magie verstärkt vor,
Band 3 erzählt hauptsächlich von Gefühlen...
Wovon Band 4 handeln wird, das könnt ihr euch jetzt auch schon denken. *uhuu ;_;*

Band 4? JA! Ursprünglich auf 3 Bände angelegt, wurde *BL is magic!* dank eurer Unterstützung um einen Band mehr erweitert! Somit konnte ich auch in diesem Band viel mehr erzählen! Ich danke euch aus ganzem Herzen!!!

Band 3 wurde mehrmals verschoben, da ich mich leider in der Corona-Situation um viele andere Sachen kümmern musste und immer wieder die Deadline verpasst habe. Bitte, habt Verständnis dafür! Es ist derzeit für uns Künstler sehr schwer!

verbeug

Danke an jeden von euch fleißigen Lesern - Ich hoffe, der Band hat euch gefallen! - und vor allem ein Special-Thankyou an meinen wunderbaren, unermüdlichen Redakteur Kai, ohne den ich die Bücher wohl nie geschafft hätte!

Bleibt gesund!

Oroken

Kleines Lexikon der schwarzen Magie

DIE VIN ASTAR-VERSION
TEIL 3

Der große Krieg zwischen Schwarz und Weiß

Entfacht durch Saul den Zweiten, getrieben durch die Wahnvorstellungen der weißen Zauberer, das Auge des Salomo, das sich in der Obhut des **Schwarzen Cyprians** (Herkunftsfamilie: Vin Astar) befand, zerstören zu können. Der Krieg, bekannt auch als die *Zweieinhalbjährige Schlacht* ohne Tag und Nacht, wurde von den weißen Magiern gewonnen, und

Die Weißen haben geschummelt!

PERSÖNLICHE NOTIZ UND WEINFLECKEN VON NOSTRIUS QUINTUS VIN ASTAR, DER DAZU KEINE STELLUNG BEZIEHEN WOLLTE.

Der Keuschheitsgürtel

Ursprünglich in der alten Welt für Jungfrauen weiblicher Abstammung und meist adeliger Herkunft entwickelt, um sie vor Eindringlingen mit sexuellen Hintergedanken zu schützen. Später, mit starkem Zauber belegt, galt ihre Funktion der Unterbindung von körperlicher Lust jeglicher Art, damit sich die Träger, obgleich Mann oder Frau (oder wer auch immer...) voll und ganz an die magische Ausbildung konzentrieren konnten und nicht von zweitrangigen Trieben abgelenkt wurden. Die Zeitspanne der Anwendung wurde meist auf 15-20 Jahre festgelegt, wobei das dreißigste Geburtsjahr des Magiers für gewöhnlich als Ende des Tragzykluses festgelegt wurde. Der Bann, mit dem der Gürtel schon bei der Herstellung belegt wird, gilt als unbrechbar. Aus hygienischen Gründen wurden die Keuschheitsgürtel zu Zeiten des *Stinkenden Ihmrichs* abgesetzt.

Fußnote: *Dreißigjährige Magier popp(t)en nach ihrer Befreiung regelmäßig alles, was sie in die Finger kriegten. Lothar der 20.-te belegte durch diesen Fakt die Existenz der sagenumwobenen Chimära.*

Dieser Comic beginnt nicht auf dieser Seite. *»BL IS MAGIC!«* ist in japanischer Leserichtung angelegt, man muss die Seiten also von »hinten« nach »vorne« blättern. Auch die Bilder und Sprechblasen werden von rechts oben nach links unten gelesen.
Wir wünschen viel Spaß mit *»BL IS MAGIC!«*.

CARLSEN MANGA
Originalausgabe / BL IS MAGIC!, Band 3 © 2020 Oroken / Zofia Garden und Carlsen Verlag GmbH, Hamburg / All rights reserved. / Redaktion: Kai-Steffen Schwarz / Lettering: Zofia Garden / Umschlaggestaltung: Zofia Garden / Herstellung: Björn Liebchen / Alle deutschen Rechte vorbehalten / ISBN 978-3-551-77690-7

MIX
Papier aus verantwortungsvollen Quellen
FSC® C014496
FSC www.fsc.org

CARLSEN MANGA! NEWS / Jeden Monat neu per E-Mail!
www.carlsenmanga.de / www.carlsen.de